MANESSE BÜCHEREI

55

Tania Blixen

Die Straßen um Pisa

Aus dem Englischen übertragen

von Martin Lang

Nachwort von Jürg Glauser

Manesse Verlag

Zürich

Inhalt

Das Riechfläschchen

Graf Augustus von Schimmelmann, ein junger dänischer Edelmann von schwermütiger Veranlagung, dessen stattliche Erscheinung nur ein wenig zur Fülle neigte, schrieb einen Brief auf einem als Tischplatte dienenden Mühlstein in einer Osteria nahe Pisa, an einem schönen Maiabend des Jahres 1823. Er konnte den Schluß nicht finden, so erging er sich noch etwas die Hauptstraße hinunter, bis es Zeit für sein Abendbrot im Gasthof war. Die Sonne war im Untergehen. Ihre goldenen Strahlen fielen zwischen den hohen schlanken Pappeln längs der Straße ein. Die Luft war mild und rein und mit dem Wohlgeruch von Gras und Bäumen erfüllt; zahllose Schwalben durchkreuzten sie hoch und niedrig, wie um noch die letzte halbe Stunde Tageslicht nach Herzenslust zu genießen.

Graf Augustus dachte an seinen Brief: Der war an einen Freund in Deutschland gerichtet – einen Studiengenossen seiner sorglosen Burschenzeit in Ingolstadt und den einzigen Menschen, dem er sein Herz ausschütten konnte. Aber, dachte er, war ich denn auch wahrhaftig in meinem Brief an ihn? Ich würde gern ein Jahr meines Lebens darum geben, wenn ich heute abend mit ihm reden und, während wir reden, sein Gesicht vor mir sehen könnte. Wie schwer ist es doch, die Wahrheit zu kennen. Ich habe meinen Zweifel, ob überhaupt jemand, der allein ist, ganz wahrhaftig sein kann. Wahrheit ist, wie die Zeit, eine Vorstellung, die aus dem menschlichen Wandel hervorgeht und nach ihm sich richtet. Aber ein namenloser und pfadloser Berg in Afrika, wie steht's mit seiner Wahrheit? Die Wahrheit über die Straße hier ist die, daß sie nach Pisa führt, und die Wahrheit über Pisa steht in Büchern, die Leute geschrieben haben und Leute lesen. Was ist die Wahrheit über einen Mann auf einer einsamen Insel? Auch ich bin solch ein Mann auf einer einsamen Insel. Als ich noch Student war, lachten meine Freunde viel über mich, weil ich die Gewohnheit hatte, in jeden Spiegel zu sehen und eigens meine vier Wände mit Spiegeln behängte. Sie legten mir das als persönliche Eitelkeit aus. Aber es war in Wirklichkeit nicht so. Ich wollte an meinem Spiegelbilde sehen, wem es gliche. Ein Spiegel sagt jedem die Wahrheit über sich selbst. – Es grauste ihn bei der Erinnerung daran, wie er als Kind in das Lachkabinett des Panoptikums in Kopenhagen mitgenommen worden war, wo man sich von oben und unten, von rechts und links im Bilde sehen konnte in Hunderten von Spiegelgläsern, welche Gesicht und Gestalt in allen möglichen Verzerrungen und Verdrehungen wiedergaben – bald verkürzt, bald in die Länge gezogen, bald übermäßig breit oder schmal und dabei doch eine gewisse Ähnlichkeit bewahrend –, und es drängte sich ihm der Gedanke auf, wieviel Lebenswahrheit darin lag. So spiegelt sich das eigene Ich, unser Sein und Wesen, in allen den Köpfen von Menschen, die einem begegnen und mit denen man zusammenlebt, wider: Als Ebenbild und Zerrbild von uns selbst lebt es noch eine Zeitlang fort und will als Wahrheit über uns gelten. Auch ein schmeichelhaftes Bild ist nur Schein und Lüge. Ein freundlicher und heimlich sich aufschließender Sinn, wie der Karls, dachte er, ist wie ein wahrer Spiegel der Seele, und eben darum war mir seine Freundschaft so viel wert. Die Liebe müßte das noch mehr sein. Es müßte die lebenslängliche Kameradschaft, die Weggenossenschaft eines anderen Geistes sein, der unser eigenes Glück und Unglück widerspiegelt zum Beweis, daß all das kein Traum ist. Den Sinn der Ehe suchte ich für mich in der Gegenwart eines Du in meinem Leben, mit dem ich morgen vom heute gewesenen Tage sprechen könnte.

Er seufzte, und seine Gedanken kehrten zu seinem Brief zurück. In dem Brief hatte er versucht, seinem Freund gründlich zu erklären, was ihn von zu Hause fortgetrieben hatte. Sein Hauskreuz war eine sehr, sehr eifersüchtige Frau. Es ist ja nicht so, dachte er, daß sie auf andere Frauen eifersüchtig ist. Ja, das ist sie sogar am allerwenigsten; erstens, weil sie weiß, daß sie es mit fast allen aufnehmen kann, da ja doch keine zweite ihr gleichkommt, und zweitens, weil sie fühlt, wie wenig die anderen Frauen mich kümmern. Auch Karl wird sich erinnern, daß die kleinen Liebeleien, die ich in Ingolstadt hatte, für mich weniger bedeuteten als die Oper, wenn in einem Gastspiel «Alceste» oder «Don Giovanni» gegeben wurde – ja noch weniger als mein Studium. Jedoch ist sie eifersüchtig auf meine Freunde, auf meine Hunde, auf die Wälder von Lindenburg, auf meine Jagdgewehre und Bücher. Auf die wunderlichsten Dinge ist sie eifersüchtig.

Er erinnerte sich eines Vorfalls, der sich ungefähr ein halbes Jahr nach ihrer Hochzeit zugetragen hatte. Er war in das Zimmer seiner Frau gegangen, ihr ein Paar Ohrringe zu verehren, die ein Freund für ihn in Paris aus dem Besitz des Herzogs von Beri erworben hatte. Für Juwelen hatte er schon immer eine Schwäche gehabt, und er verstand sich gut auf ihren Wert und Schliff. Es mochte ihn sogar gelegentlich verdrießen, daß es einem Mann nicht freistand, selbst Geschmeide zu tragen, und nach seiner Heirat war es seine Freude gewesen, die Schönheit seiner jungen Frau wie ein Kleinod in Gold zu fassen. Dieses Paar Ohrringe war wirklich schön, und es bedeutete ihm viel: Er hatte sie ihr mit eigener Hand eingehängt und hielt ihr nun den Spiegel, damit sie sich betrachten könne. Sie beobachtete ihn, und als sie bemerkte, daß seine Augen auf den Diamanten und nicht auf ihrem Gesicht ruhten, nahm sie sie schnell wieder ab und reichte sie ihm zurück. «Es tut mir leid», sprach sie, und ihre trockenen Augen sahen trauervoller aus, als hätten Tränen darin geblinkt, «aber ich habe nicht deinen Geschmack für hübsche Dinge.» Von diesem Tage an trug sie kein Geschmeide mehr, sondern kleidete sich wie eine Nonne so streng, und doch war sie dabei so elegant und anmutig, daß sie zum Tagesgespräch wurde und ihr Beispiel Schule machte.

Kann ich das Karl verständlich machen, dachte Augustus, daß sie allen Ernstes auf ihre eigenen Juwelen eifersüchtig ist? Sicherlich kann niemand eine solche Torheit verstehen. Nicht einmal ich verstehe sie, und ich weiß und denke oft, daß ich sie nicht weniger unglücklich mache als sie mich. Ich hatte gehofft, in meiner Frau jemanden zu finden, zu dem ich ganz wahrhaftig sein, mit dem ich jede Gefühlsregung teilen könnte. Aber mit Malvira ist das ganz und gar unmöglich. Sie hat mich dazu getrieben, sie zwanzigmal am Tage anzulügen und mich sogar im Blick und in der Stimme zu verstellen. Nein, es ist gewiß, das konnte so nicht weitergehen, und ich hatte recht getan, sie zu verlassen; denn bliebe ich, hätte sich doch nichts geändert.

Aber was wird jetzt aus mir? Ich weiß nicht, was ich mit mir und meinem Leben anfangen soll. Kann ich darauf bauen, daß sich alles noch zum Guten wendet?

Er nahm einen kleinen Gegenstand aus seiner Westentasche und betrachtete ihn. Es war ein Riechfläschchen in Herzform, wie es die Damen in früherer Zeit gern benutzten. Darauf war eine Landschaft gemalt mit hohen Bäumen und einer breiten Brücke über einen Fluß. Im Hintergrund, auf einem Hügel oder Felsen, war ein rosafarbenes Schloß mit einem Turm, und auf dem Spruchband unten stand geschrieben: «Amitié sincère». Es lächerte ihn bei dem Gedanken, daß dieses zierliche Fläschchen Schicksal gespielt und den Anstoß gegeben hatte zu seiner Reise nach Italien. Es stammte von einer unverheirateten Tante seines Vaters, die seinerzeit eine Schönheit gewesen und von ihm sehr verehrt worden war. Als junges Mädchen reiste sie in Italien und weilte als Gast in dem rosafarbenen Schlößchen: Jeder romantische Traum, jedes Abenteuer war in ihrer Erinnerung mit diesem Ort verknüpft. Sie hatte Vertrauen zu ihrer kleinen Riechflasche als einem Talisman gegen jedes Zahn- und Herzweh. Als kleiner Junge hatte er diese Einbildung mit ihr geteilt und sich selber Märchen von den schönen Dingen, die es in dem Hause gab, und von dem glücklichen Leben dort vorerzählt. Jetzt, da sie schon viele Jahre tot war, wußte niemand mehr den Ort. Vielleicht, so dachte er, werde ich eines Tages über die Brücke unter diese Bäume kommen und dann den Felsen und das Schloß vor mir sehen.

Wie geheimnisvoll und schwer ist es doch zu leben, fuhr er in seinem Sinnen fort, und was hat das alles zu bedeuten? Warum erscheint mir mein Leben so wichtig, unendlich viel wichtiger als alles andere, was je war? Vielleicht werden in hundert Jahren die Leute über mich und meine Traurigkeit am heutigen Abend eine Geschichte lesen und sie bestenfalls unterhaltsam finden, vielleicht nicht einmal das.

Der Unfall

In diesem Augenblick wurde er in seinem Nachsinnen unterbrochen, und zwar durch ein furchtbares Getöse hinter sich. Sich umwendend, hatte er nur den waagrechten Schein der sinkenden Sonne vor Augen, so daß er wie geblendet stand und die Welt auf einmal in lauter Silber, Gold und Flammen sah. In einer Wolke von Staub kam eine große Kutsche mit erschreckender Geschwindigkeit gerade auf ihn zu, die Pferde in wildem Galopp, den Wagen von einem Straßenrand zum anderen hinüberschlenkernd. Während er darauf hinsah, schien es ihm, als ob zwei menschliche Gestalten abgeworfen und zu Boden gewirbelt würden. Es waren, wie sich zeigte, der Kutscher und der Leibdiener, die es von ihren Sitzen auf die Straße geschleudert hatte. Einen Augenblick dachte Augustus daran, sich den Pferden in den Weg zu werfen, sie aufzuhalten, aber eh' noch der Wagen ihn erreichte, gab etwas nach: es löste sich erst das eine, dann das andere Pferd vom Wagen und jagte an Augustus vorbei. Der Wagen wurde auf eine Seite der Straße geschleudert und kam zum Stillstand, eines der Hinterräder war ab. Schnell lief Augustus hinzu.

Auf dem Sitz des zertrümmerten Wagens lag im Staub ein kahlköpfiger alter Mann mit vornehmem Gesicht und einer großen Nase. Er starrte gerade auf Augustus, war aber so totenbleich und lag so regungslos, daß Augustus zweifelte, ob er nicht wirklich tot sei. «Darf ich Ihnen behilflich sein, mein Herr?» sagte Augustus. «Sie haben einen schrecklichen Unfall gehabt, aber hoffentlich haben Sie sich nicht ernstlich verletzt.» Der alte Mann blickte ihn immer noch mit verwirrten Augen an. Eine stämmige junge Frau, die gegenübergesessen, war auf ihre Hände und Knie zwischen Kissen und Schachteln gestürzt. Sie begann sich mit lautem Wehgeschrei aus dem Durcheinander zu befreien. Der alte Mann blickte sie an. «Setz mir den Hut auf», sagte er. Die Zofe, Augustus erkannte sie nun als solche, fand nach einigem Herumwühlen einen breiten Hut mit Straußenfedern und setzte ihn dem alten Kahlkopf umständlich auf. Innen war eine Fülle von Silberlocken befestigt, und im Nu verwandelte sich der alte Mann in eine vornehme alte Dame, deren Aussehen Achtung gebot. Scheinbar gab ihr der Hut ihr Gleichgewicht wieder. Sie hatte sogar noch den Schatten eines feinen und dankbaren Lächelns für Augustus übrig.

Der Kutscher kam jetzt angerannt, von oben bis unten mit Staub bedeckt, während der Leibdiener immer noch besinnungslos mitten auf der Straße lag. Auch die Gäste der Osteria waren mit hocherhobenen Armen und lauten Ausrufen des Bedauerns herausgelaufen. Jemand brachte das eine Pferd zurück, und weiter weg konnte man sehen, wie zwei Bauern des andern habhaft zu werden suchten. Inzwischen war auch die alte Dame aus den Trümmern der Kutsche aufgehoben und im besten Zimmer des Gasthauses untergebracht, dessen Prunkstück ein riesiges Bett mit roten Vorhängen bildete. Sie war noch immer leichenblaß und atmete schwer. Ihr rechter Arm schien über dem Handgelenk gebrochen zu sein, aber was sie noch für Verletzungen erlitten hatte, ließ sich vorerst nicht sagen. Die Jungfer, mit großen, runden, schwarzen Knopfaugen, wandte sich an Augustus mit der Frage, ob er ein Arzt sei.

«Nein», rief die alte Dame aus ihrem Bett mit sehr matter und von Schmerzen beengter Stimme. «Nein, er ist weder Arzt noch ein Geistlicher, von denen ich auch keinen sehen mag. Er ist ein Edelmann, der einzige Mensch, den ich jetzt brauchen kann. Geht alle hinaus, laßt mich mit ihm allein.»

Als sie allein waren, veränderte sich ihr Gesicht, sie schloß die Augen, bat ihn, näher heranzukommen und ihr seinen Namen zu nennen. «Graf», sagte sie nach kurzem Schweigen, «glauben Sie an Gott?»

Diese unerwartete Frage setzte Augustus in Verwirrung. Als er jedoch ihre blassen, alten Augen auf sich gerichtet sah, erwiderte er: «Genau die gleiche Frage habe ich mir vorhin selber vorgelegt, als die Pferde mit Ihnen durchgingen. Ich weiß keine Antwort darauf.»

«Es gibt einen Gott», sagte sie, «und auch sehr junge Leute werden eines Tages draufkommen. Mit mir geht es zu Ende», fuhr sie fort, «aber ich kann nicht gehen und will auch nicht, eh' ich nicht meine

Enkelin noch einmal gesehen habe. Als Edelmann und Menschenfreund, der Sie sind, wollen Sie versuchen, sie zu finden, und sie dann zu mir bringen?» Sie hielt inne, und eine Flut von Empfindungen wechselten auf ihrem Gesicht. «Sagen Sie ihr», schloß sie, «daß ich meine rechte Hand nicht aufheben kann und daß ich sie doch segnen möchte.»

Augustus fragte sie nach einem Augenblick der Verwunderung, wo die junge Dame zu finden sei. «Sie ist in Pisa», erwiderte die Großmutter, «und ihr Name ist Donna Rosina di Gampocorta. Wenn Sie vor neun Monaten hier im Lande gewesen wären, würden Sie ihren Namen kennen, denn zu jener Zeit wurde von nichts anderem gesprochen.» Ihr versagte die Stimme, er mußte sich dicht zu ihrem Kopfkissen hinunterbeugen, jeden Augenblick gewärtig, daß es mit ihr vorbei sei. Dann schien sie alle Kräfte zusammenzunehmen. Ihre Stimme klang manchmal sehr hoch und klar, aber er war ungewiß, ob sie ihn sah oder überhaupt wußte, wo sie sich befand. Ihre Wangen röteten sich ein wenig, ihre schweren, florgleichen Augenlider zitterten leicht. Eine seltsame und tiefe Rührung schien ihr ganzes Wesen zu durchschauern. «Ich will Ihnen alles der Reihe nach erzählen», sagte sie, «dann wird Ihnen auch verständlich sein, was Sie für mich tun sollen.»

Die Geschichte der alten Dame

«Ich bin eine alte Frau», begann sie, «und ich kenne die Welt. Ich klammere mich nicht an sie, denn ich weiß genug von ihr, um zu erfassen, daß sie uns, woran wir uns auch festklammern, entweder unterkriegen oder im Stich lassen wird. Ich klammere mich nicht einmal an Gott, aus demselben Grund. Tun Sie nicht, als ob ich zu bedauern wäre, weil ich sterben muß, denn ich spüre, daß es wirklich mehr comme il faut ist, am Leben zu sein als gestorben.

Ich habe Geliebte gehabt, einen Mann und Dutzende von Freunden und Bewunderern. Aus freien Stücken habe ich in meinem Leben drei Menschen geliebt, und von diesen blieb mir einzig nur das Mädchen Rosina.

Ihre Mutter war nicht mein eigenes Kind – ich war ihre Stiefmutter. Aber wir waren einander inniger zugetan, als irgend Mutter und Tochter es je gewesen sind. Es war alles so bestimmt, denn noch von meiner Mädchenzeit her hatte ich die größte Angst vor dem Kinderkriegen, und als ein Witwer um meine Hand anhielt, dessen Frau bei der Geburt ihres ersten Kindes gestorben war, machte ich zur Bedingung, ihm nie Kinder schenken zu müssen, und meiner Schönheit und meinem Vermögen zuliebe willigte er ein. Unsere Anna war ein reizendes Mädchen: Ich habe mit diesen meinen Augen gesehen, wie das Standbild des heiligen Joseph im Dom sich nach ihr umgeblickt hat; so sehr gemahnte sie ihn an die Jungfrau und wie hold sie aussah, als sie ein vertrautes Paar waren. Ihre Füße glichen Schwanenschnäbeln, und der Schuhmacher machte uns die Schuhe über den gleichen Leisten. Ich zog sie auf in dem Gedanken, daß Frauenschönheit das krönende Meisterwerk Gottes sei und nicht verschenkt werden soll. Aber in ihrem siebzehnten Jahr verliebte sie sich in einen, dazu noch in einen Soldaten, es war ja die Zeit der Feldzüge der Franzosen und ihres schrecklichen Kaisers. Sie heiratete ihn und ging mit ihm. Ein Jahr später starb sie unter denselben Martern wie ihre Mutter.

Obgleich es nie in meinem Wunsch lag, für irgendein männliches Wesen zu sorgen, war es doch meine Hoffnung gewesen, es möchte ein Knabe sein. Aber es war ein Mädchen, und sie wurde in meine Obhut gegeben, denn ihr Vater wollte sie aus seinen Augen haben. Und wirklich: Nur ein paar Monate später starb er seiner Frau nach und ließ das Kind als Erbin seiner Reichtümer zurück, Kriegsbeute das meiste.

Jetzt, da meine Enkelin größer wurde, werden Sie verstehen, daß mein einziges Denken die Sorge um ihre Zukunft war. Sagte ich, daß die Schönheit ihrer Mutter des Allmächtigen größtes Werk war? Nein, es schien ein Probestück zu sein, Rosina selbst aber das Meisterstück seiner Geschicklichkeit! Ihre Haut war so zart, daß man sich in Pisa erzählte: Wenn sie roten Wein trank, konnte man den Wein ihre Kehle hinabrinnen sehen. Ich wollte nicht, daß sie heiratete; und so war es mir lieb, daß ich sie lange Zeit hart und verächtlich Männern gegenüber sah, besonders gegen die jungen ansehnlichen Liebhaber, die sie umschwärmten. Aber ich wurde älter und wollte nicht sterben, ohne sie versorgt zu wissen. Am Morgen ihres siebzehnten Geburtstages nahm ich in die Kirche der heiligen Muttergottes von Spina einen großen Schatz mit, der schon seit vielen hundert Jahren in der Familie meiner Mutter aufbewahrt wurde, einen Keuschheitsgürtel, den einer ihrer Vorfahren in Spanien hatte machen lassen, als er das Kreuz nahm und ins Heilige Land zog. Und da seine Frau eine Nichte des heiligen Ferdinand von Kastilien war, wurde der Gürtel mit Rubinkreuzen besetzt. Diesen Gürtel opferte ich, damit die Heiligen mir bei meinem Vorhaben helfen sollten.

Am selben Abend gab ich einen großen Ball; der Prinz Potenziani war zugegen, sah Rosina und hielt auch gleich um ihre Hand an. Ich frage Sie jetzt, Graf, war dies nicht ein Wink des Himmels? Denn der Prinz war eine glänzende Partie. Er ist heute der reichste Mann in der Provinz, man weiß, es liegt in der Familie, daß sie es nicht lassen können, Geld auf diese oder jene Weise zu erwerben. Obgleich nicht mehr der Jüngste, ist er doch ein reizender Mensch, auch Kunstfreund, ein Mann von vornehmem Geschmack, mit vielen Gaben, dazu ein guter Freund von mir. Und sosehr er unserem Geschlecht in Bewunderung zugetan war, ich wußte doch, daß ihm von Natur versagt sei, Liebhaber oder Gatte zu sein. Es war eine Eitelkeit oder Schwäche von ihm, daß er es nicht wahrhaben wollte; in der Regel hatte er auch die teuersten Kurtisanen um sich, und da er gefürchtet war, kam das Geheimnis nicht ans Licht. Mir jedoch war es bekannt, denn vor vielen Jahren war er einer meiner ergebensten Freunde gewesen, und ich hatte ihn gern. Ich war so glücklich und dankbar, daß mein eigenes Gesicht mich im Spiegel anlächelte wie ein Geist des Segens.

Das Kind Rosina selbst war erfreut über des Prinzen Antrag, und eine Zeitlang mochte sie ihn wegen seiner geistreichen und bezaubernden Art gut leiden, auch wohl der reichen Geschenke wegen, die er ihr zu Füßen legte. Die Verlobung ward bekanntgegeben, als in einer Nacht, ich war schon zur Ruhe gegangen, Rosina in ihrem hochroten Seidenkleid in mein Zimmer kam. Sie stand im Schein der Kerzen so schön und herrisch da wie der junge heilige Michael vor seinen himmlischen Scharen und verkündete mir, als wäre es eine reizende Neuigkeit, sie liebe ihren Vetter Mario und niemals werde sie einen anderen Mann nehmen. Schon fühlte ich ein Nachgeben im Herzen, doch ich beherrschte mein Gesicht und gab ihr nur zu bedenken, daß der Prinz ein ausgezeichneter Schütze sei, der nie sein Ziel verfehlte, und, was sie auch von ihrem Vetter dächte, sie besser daran tue, ihn zu meiden, falls sie ihn wirklich gern habe. Sie antwortete mir, ihre Liebe zu ihm gehe über den Tod hinaus.

Ich mochte Mario nicht ungern, denn ich hatte immer eine wunderliche Schwäche für die Familie meines Mannes, obgleich sie alle einen Spleen hatten: Bei diesem Jungen war es eine Leidenschaft für Sternkunde. Doch als Ehemann konnte er neben dem Prinzen nicht bestehen, überdies brauchte ich nur Rosina und ihn beisammen zu sehen, um zu erkennen, daß jede Nachgiebigkeit von meiner Seite sie binnen neun Monaten in ihrer Mutter Grab bringen würde. Die Artigkeiten des Prinzen hatten Rosina den Kopf verdreht. Sie bildete sich ein, falls sie es sich wünschte, so würde sie den Mond bekommen, um wieviel mehr ihren jungen Vetter. Als ich sie in ihrem Sinn beharren sah, nahm ich sie mir vor und sagte ihr kurz und bündig, wie es im Leben zugehe. Aber Gott mag wissen, was über die Generation von Frauen gekommen ist, die nach der Französischen Revolution geboren wurden und nach den Geschichten dieser Frau von Staël – Vermögen, Stellung und ein nachsichtiger Gatte genügen ihnen nicht, sie wollen lieben, wie unsereins das Abendmahl nimmt.»

Hier unterbrach die alte Dame ihre Erzählung. «Sind Sie verheiratet?» fragte sie.

«Ja, ich bin verheiratet», bestätigte der junge Mann.

«Dann», fuhr sie, vom Ton seiner Erwiderung wie befriedigt, fort, «brauche ich Ihnen nicht den Unsinn dieser Ideen zu enthüllen. Rosina war so widersetzlich, ich konnte sie nicht zur Vernunft bringen. Wenn sie mir am Schluß erklärt hätte, sie wolle neun Kinder haben, ich wäre nicht erstaunt gewesen.

Jetzt in meinem Alter kann ich es schlecht ertragen, wenn man mich zum Zorn reizt. Ich wurde wütend auf sie, ein Räuber, der sie auf sein Pferd geworfen hat, um sie in die wilden Berge zu entführen, hätte mich nicht in größere Wut versetzen können. Ich sagte dem Prinzen, daß wir mit der Hochzeit eilen müßten, währenddem ich Rosina im Hause in Gewahrsam hielt. Ich durchlebte in diesen Monaten einen Zustand tödlicher Sorge, so daß ich kaum schlief und jede Nacht für mich eine Reise um die Erde war.

Nun hatte Rosina eine Freundin, Agnese della Gherardesca, die sie nächst mir am meisten liebte. Eines Tages, bei der gemeinsamen Handarbeit, stachen sie sich in die Finger, mischten ihr Blut und gelobten sich ewige Freundschaft. Dieses Mädchen war vollkommen ungebunden aufgewachsen, ein wirkliches Kind ihrer Zeit. Sie hatte sich in den Kopf gesetzt, auszusehen wie Lord Byron, von dem so viel die Rede ist, sie kleidete sich wie ein Mann und schrieb Gedichte. Rosina aufzuheitern, ließ ich Agnese kommen, damit sie die letzte Woche vor der Hochzeit bei ihr sei. Doch mit den Mädchen ist der Teufel los, sobald sie glauben, daß eine Liebe auf dem Spiel steht, und ich muß annehmen, daß sie es auf irgendeine Art fertigbrachte, an Mario Briefe zu bestellen.

Am Morgen vor der Hochzeit, der Prinz und ich dachten, daß alles in Ordnung sei, hatte Agnese sich eine Lohnkutsche beschafft, Rosina war aus dem Haus geschlüpft in den Wagen, und sie machten sich auf den Weg nach Pisa. Eine treue Zofe hatte es mir hinterbracht; ich stieg in meinen eigenen Wagen und fuhr ihnen nach. Am Mittag überholte ich den elenden kleinen Karren auf der Straße, Agnese in einem Kutschermantel auf dem Bock, die Pferde am Zusammenbrechen; die meinen aber waren frischer als je.

Als Rosina mich in rascher Fahrt herankommen sah, stieg sie aus, ich auch. Es wurde kein Wort gesprochen, ich nahm sie in meinen Wagen, beachtete ihre Freundin nicht im geringsten und ließ meinen Kutscher umkehren. An der Straße stand zwischen Bäumen eine kleine Kapelle. Als wir dort vorbeikamen, bat Rosina um Erlaubnis, zu halten und eine Weile einzutreten. Ich sagte mir: Sie wird eine Art Gelübde ablegen, stieg aus und ging mit ihr in das kleine Gotteshaus. Doch in dem dunklen Raum, wo es nach kaltem Weihrauch roch, fühlte ich verzweiflungsvoll, daß ein Mädchenherz eine dunkle Kirche ist, ein rätselhafter Ort, und daß es zu nichts führt, wenn eine alte Frau versucht, Zugang zu ihm zu finden. Rosina schritt geradewegs zum Altar und fiel in die Knie. Sie schaute in das Antlitz der Jungfrau, dann ging sie wieder hinaus, als wäre ich eine alte Bauersfrau, die still für sich in der Kapelle betete. Mir war schmerzlich zumute, um mein Leben hätte ich kein Gebet sprechen können, gleichsam, als wäre ich belehrt worden, die Jungfrau und alle Heiligen seien taub für mich. Als ich ins Freie trat und sie neben dem Wagen stand und nach Pisa schaute, sprach ich zu ihr: ‹Ich weiß, falls du es nicht weißt, was für ein Wahnsinn es ist, den Gedanken an einen Mann zwischen dich und mich treten zu lassen. Nun, ich kann ein Gelübde tun so gut wie du. Bei der Hoffnung, daß wir eines Tages zusammen im Paradies sein werden, schwöre ich: Solange ich meine rechte Hand aufheben kann, gebe ich meinen Segen zu keiner Heirat, außer mit dem Prinzen.› Rosina sah mich an, sie machte einen Knicks wie ein Kind und sprach kein Wort. Am nächsten Tage wurde die Hochzeit sehr prächtig gefeiert.

Vier Wochen nach der Hochzeit reichte Rosina bei dem Papst eine Bittschrift ein um Aufhebung ihrer Ehe, mit der Begründung, daß sie nicht vollzogen sei.

Es gab einen bösen Skandal. Der Prinz hatte mächtige Freunde, während sie allein stand, das muß man bedenken, und ganz jung und unerfahren war; aber sie hielt aus mit wunderbarer Kraft, daß man am Ende von nichts anderem sprach und sie jedermann auf ihrer Seite hatte. Den Prinzen konnte niemand leiden, vornehmlich wegen seiner leidigen Schwäche für das Geld; und Liebeskummer, nun, das weiß man, rührt die niedrigeren Klassen. Sie machten gar noch eine Art Heilige aus ihr; und als man ihr schließlich dazu verhalf, nach Rom zu kommen, wurde sie von der Bevölkerung in den Straßen umringt, und man klatschte ihr Beifall, als wäre sie eine Primadonna von der Oper. Der Prinz betrug sich wie ein Narr, er benutzte seinen Einfluß, um Mario aus Pisa zu jagen, was unter diesen Umständen wahrscheinlich die größte Dummheit war, die er hatte machen können, und er verhöhnte die Kirche und brachte die Leute gegen sich auf.

Rosina warf sich dem Heiligen Vater zu Füßen mit ihren Zeugnissen in der Hand von sämtlichen Ärzten und Hebammen Roms. Der Prinz fiel wie tot um, als er es erfuhr, erst nach Tagen fand er seine Sprache wieder. Er mußte die Fenster schließen, um nicht auf den Straßen das Lied von der Jungfrau von Pisa singen zu hören, und hätte sich in die Finger beißen mögen bei der Vorstellung des Glückes der jungen Leute – und darin hatte er recht –, denn sobald sie vom Papst den Brief mit der Nichtigkeitserklärung hatten, wurden sie ein Paar.

In all dieser Zeit, während ich ihren Namen sogar in der Luft summen hörte, hatte ich mich geweigert, sie zu sehen, und versuchte, nicht an sie zu denken. Aber was soll die Gedanken einer alten Frau abziehen von Dingen, an die sie siebzig Jahre lang gedacht hat?

Vor zwei Monaten wurde mir berichtet, daß meine Enkelin ein Kind erwarte. Ich war darauf gefaßt, und doch war es für mich wie ein letzter Schlag. Es hat mich schier umgebracht. Ich dachte an ihre

Mutter und an mein Gelübde. Ich glaubte nicht länger an die Heiligen. Tag und Nacht trat mir Rosinas Bild vor Augen, wie sie in der Kapelle ausgesehen hatte, und mein Herz war so voll Bitterkeit, wie es für eine Frau meines Alters kaum zu ertragen ist. Schließlich gab ich es auf, an das Paradies zu denken, denn eine kleine Ewigkeit drüben schien mir wertlos, verglichen mit einer Woche in ihrem Haus in Italien. Lange Zeit war ich zu elend, um zu reisen, doch gestern machte ich mich auf den Weg nach Pisa.

Jetzt, lieber Freund, haben Sie alles von mir gehört, und ich überlasse es Ihnen, Betrachtungen über die Wege der Vorsehung anzustellen.»

Hierauf versank sie in ein langes Schweigen. Als Augustus, dadurch beängstigt, in ihr Gesicht sah, bemerkte er, daß es eingefallen war. Sie schien zusammengeschrumpft, doch unter ihren wächsernen Augenlidern waren ihre klaren Augen noch immer auf sein Gesicht gerichtet.

«Ich bin bereit, von dieser Welt Abschied zu nehmen», sprach sie. «Die Welt muß mich jetzt so gründlich kennen wie ich sie. Wir haben einander nichts mehr zu sagen. Es erscheint mir selbst merkwürdig, daß ich noch immer so viel Zuneigung und so viel Teilnahme zeige für diese alte Carlotta de Gampocorta, die bald gänzlich verschwunden sein wird, daß ich sie nicht aus der Welt gehen lassen mag, ohne ihr die Chance zu geben, die gegen sie gefehlt haben zu vereinigen und ihnen zu vergeben.

Doch was tun? In meinem Alter behält man seine Gewohnheiten bei. Wollen Sie sie an meiner Stelle suchen gehen?»

Ihr linker Arm bewegte sich auf der Decke, wie zu dem Versuch, Augustus' Hand zu erreichen. Augustus berührte die kalten Finger. «Ich stehe zu Ihren Diensten, Madame», erwiderte er. Sie seufzte tief auf und schloß die Augen. Er beeilte sich, den Arzt herbeizuholen, nach dem man ins Dorf geschickt hatte.

Er beauftragte seine Diener, alles für eine frühe Abreise am Morgen zu richten. Da er seinen Brief vorher noch forthaben wollte, machte er sich an den Schluß. Als er seine Betrachtungen über das Leben durchlas, dachte er, daß ihre Traurigkeit seinen guten Karl aufregen könnte, so nahm er denn seine Feder wieder auf, zwei Zeilen aus Goethes Faust beizufügen, eine Lieblingsstelle seines Freundes, mit welcher er so manches Mal in Ingolstadt eines von ihren Läuterungsgesprächen beschlossen hatte:

Ein guter Mensch, in seinem dunklen Drange,
Ist sich des rechten Weges wohl bewußt.

Und schon wieder lächelnd, siegelte er den Brief.

Bei dem nächsten Gasthof, zu dem er kam – dem letzten vor Pisa; es gab da mehr Häuser, Wagen und Menschen, so daß sich bereits in der Luft die Nähe einer großen Stadt ankündigte –, fuhr ein Zweispänner vor, dem ein schlanker, junger Mann entstieg und ein alter Haushofmeister, eine Harlekinsfigur. Es begann zu dunkeln. An dem tiefblauen Himmel blitzten die ersten Sterne auf. In der Luft war ein leichtes Wehen. Augustus hatte das Gefühl, wirklich auf der Landstraße zu sein, worin so viel wahres Reiseglück liegt. Im Laufe des Tages war er an so manchen, die unterwegs waren, vorbeigekommen – Reitern auf Pferden und Eseln, Wagen, Ochsen- und Maultierkarren –, hierin schien ihm ein Fingerzeig des Lebens zu liegen; es wäre doch sonderbar, wenn es für ihn keinen gäbe! Der Lampenschein, das Lärmen und der Geruch von Holzrauch, Fett und Käse im Haus behagten ihm wohl. Die Luft Italiens schien bergab und flußüber gekommen zu sein, um sacht sein Gesicht zu streicheln.

Die Osteria war vordem das Pförtnerhaus eines großen Landsitzes gewesen; sie hatte eine geräumige schöne Stube mit Fresken an den Wänden. Als er eintrat, fand er den Herbergswirt mit seinen zwei Gehilfen damit beschäftigt, die Tische an die offenen Fenster zu stellen, wobei sie heftig hin und her redeten. Mitten im Satze riß der alte Mann sich los, seinen Gast zu begrüßen mit der Versicherung, daß alles zu seiner Zufriedenheit geschehen solle. Doch weil ganz unerwartet so viele hohe Herrschaften auf einmal in dem Haus vorsprachen, welches so eifrig um seinen guten Ruf bemüht war, war es fast zuviel des Guten für den Alten. Da sollte in einer halben Stunde Prinz Potenziani ankommen, mit ihm sein junger Freund, der Prinz Giovanni Gastone. Leute, die eine Mahlzeit beurteilen konnten, Wachteln hatten sie bestellt, doch der Koch hatte sich beim Braten versehen. Augustus fragte, ob der junge Mann, den er gerade hatte ankommen sehen, der Prinz Giovanni sei. O nein, antwortete der Alte, das war zweifellos ein anderer reicher und anspruchsvoller Gast. Doch war es möglich, daß der gnädige Herr niemals von Prinz Nino gehört hatte? So einen jungen Mann wie ihn würde man außerhalb Toskanas kein zweites Mal finden. Als Kind war er um seiner Schönheit willen Modell gestanden für den Jesusknaben auf einem Gemälde in der bischöflichen Hauptkirche. Wo er hinkam, flogen ihm die Herzen zu, denn er war ein Patriot, ein echter Sohn Toskanas. Obgleich seine ehrgeizige Mutter ihn an die Höfe nach Wien und St. Petersburg sandte, kam er zurück, nicht willens, eine andere Sprache als die der großen Dichter zu sprechen. Seine Palazzi wurden im alten toskanischen Stil geführt; er hielt ein Orchester, um einzig italienische Musik spielen zu lassen; seine Pferde liefen in den klassischen Wagenrennen; und wenn seine Weinlese beendet war, mußte man bei den Herbstfeiern – wo alte Reigen vorgeführt wurden, die Dorfschönen nacktfüßig die Trauben traten und Lied und Spruch wie voreinst aus dem Stegreif sich ablösten – an die Wiederkehr des Goldenen Zeitalters denken.

Der wackere Alte hatte, mit einem großen Tuch überm Arm, seine kleinen schwarzen Augen auf jede Bewegung der Kellner gerichtet, noch Munterkeit des Geistes genug, seinen fremden Gast auf das gefälligste zu unterhalten. Habe nicht Prinz Nino, als ein landfremder Sänger sich herausnahm, in Cimarosas Oper «Ballerina Amante» aufzutreten, ihn von der Bühne gejagt und die ganze Rolle vor einem entzückten Publikum selbst gesungen? Was das schöne Geschlecht anbetreffe – bei diesem Punkte seiner Mitteilsamkeit zog sich das breite Gesicht des Wirtes vor lauter Sammlung wie zu einem Stecknadelkopf zusammen –, der gnädige Herr werde selbst wissen, wenn sie sich einem Mann an den Hals werfen, was einem übrigbleibe. Und auch dabei habe er sich als echter Sohn seines Landes ausgewiesen. Denn er hätte eine Erzherzogin haben können, und die Schwester des Zaren selbst sei in ihn verschossen gewesen, als er am Hofe von St. Petersburg war, doch er habe den ausgezeichneten Redi in seinem «Bacchus in Toskana» zitiert und gesagt, es sollten bloß die Weinfässer aus der Toskana seiner Zärtlichkeit nachseufzen. Ferner werde gesagt, daß seine Unbesiegbarkeit nicht allewege so hoch im Preis stehe bei den Ehemännern aus Toskana, wie man hätte denken sollen; denn eine Frau, die Prinz Nino zu eigen gehabt, werde keinen anderen Liebhaber mehr erhören, und mehr als eine gefallsüchtige Dame habe, nachdem er ihr den Laufpaß gegeben, fortan ihren Erinnerungen gelebt und sich ganz ihrem Mann gewidmet. Es sei sehr schade, daß die Art, in der er den Reichtum seines Hauses, sogar das Vermögen seiner Mutter verschwendet hatte, ihn ganz auf die Gnade des alten Prinzen Potenziani angewiesen habe, dieses Schacherjuden. Allerdings heiße es von ihm, er sei zu guter Letzt in sich gegangen. Bekanntlich solle er gesagt haben, ein Wunder sei ihm geschehen, und nun glaube er an Wunder. Da seien Leute, die meinten, die heilige Königin Mathilda aus seinem eigenen Hause sei ihm im Traum erschienen und habe sein Herz von der Welt abgekehrt. Bei dieser Stelle des Berichts passierte einem der mit Tischdecken beschäftigten Kellner ein so arges Mißgeschick, daß der Alte mit einem wahren Heuschreckensprung des Geistes die Unterhaltung abbrach. Nach kurzer Zeit kam er lächelnd, doch schweigsam zurück mit dem von Augustus bestellten Wein und verließ den Gast mit einer tiefen Verbeugung.

Zwei alte Priester saßen über ihrem Wein in der Nähe des Kamins bei den glimmenden Kohlen, die in ihren fettigen, schwarzen Röcken sich spiegelten, und der junge Mann, der den Zweispänner kutschiert hatte, trank gedankenvoll seinen Kaffee aus einem Glas, das ihm sein alter Diener gebracht hatte. Er saß auf einem niedrigen Sitz unter einem Wandbild von Abraham im Hain Mamre, wo die Engel ihn besuchen. Seine anmutige Gestalt, sein klares, nachdenkliches Gesicht erinnerten Augustus, der immer ein Auge für das Schöne hatte, an seinen Freund Karl, als er noch ein Knabe war, und er mußte ihn immer wieder darum ansehen. Als der alte Haushofmeister zurückkehrte und über einen Streit berichtete, den es zwischen dem Stallknecht des jungen Herrn und dem Schimmelmannschen um die besten Boxen im Stall gegeben hatte, benutzte Augustus die Gelegenheit, einige Fragen an sein Gegenüber über den Weg nach Pisa zu richten, und bat ihn, ein Glas Wein mit ihm zu trinken. Der junge Mann dankte höflich und erklärte, daß er niemals Wein trinke, doch da er sah, daß Augustus ein Ausländer war und ihm die Gegend fremd, setzte er sich zu ihm, die gewünschte Auskunft zu geben. Während er sprach, lag seine linke Hand auf dem Tisch. Augustus, dessen Blick auf dieser Hand ruhte, kam ins Sinnen. Er dachte, wie klar man sich vor Augen halten müsse hierzulande und vor diesem Menschenschlag, daß sie in Marmorpalästen gelebt und über Philosophie geschrieben hatten, währenddem seine eigenen Vorfahren sich in den weiten Wäldern Steinwaffen gemacht und den Bären erlegt hatten. Um eine solche Hand und ein Handgelenk wie dieses zu bilden, braucht es sicherlich tausend Jahre und mehr, sagte er sich. Bei dem Volk in Dänemark gab es nur plumpe Fußknöchel und

Handgelenke, und je höher es hinaufging, um so plumper waren sie.

Der junge Mann errötete vor Vergnügen, als er hörte, daß Augustus aus Dänemark kam, und sagte zu ihm, er sei der erste Mensch aus dem Lande des Prinzen Hamlet, dem er begegne. Das Trauerspiel von Shakespeare war ihm offenbar recht gut bekannt, er sprach, als könne Augustus gar nicht anders denn geradewegs vom Hofe des Königs Claudius kommen. Die Höflichkeit des Italieners hielt ihn davon ab, die tragischen Ereignisse zu berühren, als wäre Ophelia die kürzlich verlorene Cousine seines Gegenübers gewesen. Er zitierte mit großem Scharm den Monolog und sagte, es habe ihn oft in Gedanken nach Helsingör verlockt zum grausen Gipfel jenes Felsen, der in die See nickt über seinen Fuß. Augustus mochte ihm nicht sagen, daß Helsingör ganz flach liegt, so fragte er ihn statt dessen, ob er sich nicht selbst mit Dichten abgebe.

«O nein», sagte der junge Mann, seine weichen, braunen Locken schüttelnd, «ich habe es vor einem Jahr aufgegeben.»

«Das war nicht recht, glaube ich», erwiderte Augustus mit einem Lächeln. «Sicherlich ist Dichtung eine von den Kostbarkeiten des Lebens und hilft uns das graue Einerlei der Welt ertragen.»

Der junge Mann schien zu fühlen, daß er hier einen Bruder oder Freund des unglücklichen Prinzen von Dänemark getroffen habe, und er eröffnete dem Fremden sein Herz.

«Mir ist etwas zugestoßen», sagte er nach kurzem Schweigen, «das war nicht in Poesie zu bringen. Komödien und Tragödien habe ich geschrieben, aber es paßte eben nicht dafür.» Nach einer Weile setzte er hinzu: «Ich gehe nun nach Pisa, um Astronomie zu studieren.»

Er hatte eine ernsthafte und freundliche Art, und Augustus, der sich in Ingolstadt manche Stunde mit der Sternkunde vertrieben hatte, fühlte sich sehr zu ihm hingezogen. Eine Zeitlang sprachen sie davon, und er erzählte dem jungen Mann, wie der große dänische Astronom Tycho Brahe in Augsburg den Bau eines neunzehn Fuß hohen Quadranten und eines Sternglobus von fünf Fuß im Durchmesser bestellt hatte.

«Ich möchte Astronomie studieren», erklärte der junge Mann, «weil ich den Gedanken an die Zeit nicht länger ertragen kann. Er ist mir wie ein Gefängnis, und wenn ich nur davon loskommen könnte, ich glaube, dann wäre ich froh.»

«Das habe ich auch schon gedacht», gab Augustus versonnen zur Antwort, «und ich habe weiter überlegt: Wenn man uns in irgendeinem Augenblick unseres Lebens, den wir vielleicht für den glücklichsten halten, sagen würde, dabei werde es nun für immer und ewig bleiben, kämen wir zu der Einsicht, daß wir damit nicht zur ewigen Seligkeit, sondern zu ewigem Leid gelangt wären.» Er erinnerte sich mit Trauer, daß ihm diese Überlegung selbst in seiner Hochzeitsnacht in einem bestimmten Augenblick gekommen war. Der junge Mann schien seinem Gedankengang mit Zustimmung zu folgen.

«Mir ist ein Unglück geschehen, Signore», erwiderte er nach einer Weile, sein junges Gesicht schien bleicher und seine Augen dunkler, «daß mir immerzu die Erinnerung an eine bestimmte Stunde meines Lebens im Sinne lag. Bis zu jener Stunde dachte ich mit Vergnügen an die Vergangenheit und Zukunft, desgleichen an die Gegenwart. Die Zeit war für mich wie eine Straße durch eine lustige Landschaft, auf der ich auf und ab wandern konnte, wie es mir gefiel. Aber nun können sich meine Gedanken nicht mehr von dieser einen Stunde losreißen; jede Sekunde von ihr steht größer vor mir und wiegt schwerer als Jahr um Jahr von dem Rest des Lebens, der mir bleibt. Ich muß mich dahin flüchten, wo es keine Zeit gibt. Ich weiß», fuhr er fort, «daß manche Menschen den Gedanken der Unendlichkeit des Sittlichen, wie er uns in der Religion gegeben ist, als die rechte Zuflucht betrachten, doch ich habe es schon versucht, und es hat keinen Wert für mich – im Gegenteil, der Gedanke an die Allmacht Gottes, an menschliche Willensfreiheit, an Himmel und Hölle ruft mir nur die Gedanken zurück, denen ich entrinnen möchte. Ich möchte mich der Unendlichkeit des Raumes zuwenden. Soviel ich davon gehört habe, scheint es mir, daß die Straßen der Planeten und Sterne, ihre Ellipsen und Zirkel innerhalb des unendlichen Raumes die Macht haben, dem Geist neue Wege zu weisen. Glauben Sie das nicht auch, Signore?»

Augustus dachte an die Zeit, es war nicht lange her, da er selbst sich in den Sternenräumen zu Hause gefühlt hatte. «Ich glaube», sagte er traurig, «daß das Leben seine Gesetze der Schwerkraft im Geistigen sowohl wie im Natürlichen hat. Landbesitz, Frauen –», er sah zum Fenster hinaus. An dem blauen Himmel des Frühlingsabends funkelte Venus wie ein Diamant.

Der junge Mann wandte sich ihm zu. «Meinen Sie wirklich», sagte er, «daß ich ein Mann bin? Ich bin keiner, und seien Sie mir nicht böse darum, ich bin auch froh, daß ich es nicht bin. Ich weiß natürlich, große Taten sind von Männern vollbracht worden, aber darum bin ich doch der Meinung, es ginge hier auf Erden friedsamer zu, wenn die Männer nicht gar oft in Stücke brächen, was uns lieb ist.»

Augustus verwirrte es, daß er eine junge Dame für einen Mann genommen hatte, doch er konnte sich nicht rechtfertigen, es war nicht sein Versehen. Das nächste für ihn war, sich ihr bekannt zu machen und die Frage, ob er ihr in irgendeiner Weise behilflich sein könne auf ihrer Reise. Das Mädchen hatte keineswegs seine Weise ihm gegenüber geändert und schien gleichgültig gegenüber einem Wechsel in seinem Benehmen, nachdem sie ihm diese Eröffnung gemacht. Sie saß in der gleichen Haltung, die schlanken Knie unter dem Mantel übereinandergelegt und die Hände um ein Knie gefaltet. Augustus überlegte, daß er noch kaum jemals zu einer jungen Frau gesprochen habe, deren Hauptinteresse in der Unterhaltung nicht darauf bedacht gewesen war, welchen Eindruck sie auf ihn machte, und er überlegte weiter, daß dies es sein müßte, was ihm im allgemeinen den Umgang mit Frauen unbequem und langweilig machte. Die Art und Weise, in der diese junge Frau ein freundliches und vertrauendes Interesse ihm gegenüber zeigte, ohne zu bedenken, was er von ihr hielte, diese Art war ihm neu und köstlich, als wäre ihm unversehens ein Licht darüber aufgegangen, daß er zeit seines Lebens nach einer solchen Haltung bei einer Frau gesucht hatte. Wie gern hätte er nun den herkömmlichen Ton der Unterhaltung zwischen Mann und Frau seinerseits vermieden.

«Es ist sehr schade», sagte er nachdenklich, «daß Sie so wenig von uns halten, ich bin sicher, alle Männer Ihrer Bekanntschaft werden versucht haben, Ihnen zu gefallen. Wollen Sie mir nicht sagen, warum es so sein muß? Mir ist es viele Male passiert, daß eine Dame mir gesagt hat, ich mache sie unglücklich und sie wünsche, wir wären beide tot, zu einer Zeit, da ich alles versuchte, sie glücklich zu machen. Es ist lange her, seit Adam und Eva» – er blickte quer durch die Stube auf ein die beiden darstellendes Bild – «im Garten Eden zusammen waren, und darum so betrüblich, daß wir noch nicht besser gelernt haben, einander besser zu gefallen.»

«Und haben Sie sich nicht befragt?» sagte das Mädchen.

«Doch», antwortete er, «aber es war wohl unser Schicksal, daß wir diese Fragen niemals ruhigen Blutes behandeln konnten. Ich für mein Teil glaube, daß Frauen aus irgendwelchen Gründen es uns nicht wissen lassen wollen. Sie wollen keine Verständigung. Sie wollen die Vorbereitung auf den Krieg. Doch ich wünschte, daß einmal, in all den Zeiten zwischen Männern und Frauen, sich zwei Botschafter in freundlichem Sinn treffen und dahin kommen möchten, sich gegenseitig ganz zu verstehen. Zwar traf ich», setzte er nach einer Weile hinzu, «einmal in Paris eine Frau, eine große Kurtisane: die hätte solch ein Botschafter sein können. Doch Sie hätten ihr schwerlich ein Beglaubigungsschreiben gegeben noch ihr Entscheidungen überlassen. Ich bin nicht einmal überzeugt, ob Sie in ihr nicht eine Verräterin Ihres Geschlechts gesehen hätten.»

Das Mädchen dachte eine Weile über seine Worte nach. «Ich nehme an», meinte sie darauf, «daß man auch in Ihrem Land Feste, Gesellschaften und Conversazioni hat?»

«Ja», sagte er, «das haben wir.»

«Dann werden Sie wissen», fuhr sie langsam weiter, «daß die Pflichten der Gäste verschieden von denen des Gastgebers sind. Von beiden wird etwas ganz Verschiedenes verlangt und erwartet.»

«Ich glaube, Sie haben recht», erwiderte darauf Augustus.

«Gott nun», sagte sie, «als er Adam und Eva schuf» – auch sie schaute auf das Bild an der Wand –, «hat es so eingerichtet, daß Männer in diesen Dingen die Rolle des Gastes spielen und Frauen die Rolle der Gastgeberin. Daher nimmt ein Mann die Liebe leicht, denn die Ehre und Würde seines Hauses sind hier nicht auf dem Spiel. Und Sie können zweifellos Gast bei vielen sein, bei denen Sie niemals Gastgeber sein möchten. Jetzt sagen Sie mir, Graf, was verlangt ein Gast?»

«Ich glaube», sagte Augustus, als er einen Augenblick nachgedacht hatte, «wenn es mit rechten Dingen zugeht: ausgenommen den rohen Gast, der kommt, um sich gütlich zu tun, nimmt, was er kann, und wieder verschwindet – verlangt ein Gast vor allem Zerstreuung, um aus seinem täglichen Einerlei oder Krimskrams herauszukommen. Zweitens möchte der anständige Gast glänzen, sich entfalten, er möchte seine eigene Persönlichkeit auf seine Umgebung übertragen. Und drittens verlangt er vielleicht eine Rechtfertigung seines Daseins überhaupt. Doch da Sie es so liebenswürdig in Worte kleiden, Signora, bitte, sagen Sie mir nun: Was verlangt die Gastgeberin?»

«Die Gastgeberin», sagte die junge Dame, «verlangt, daß man ihr dankt.»

Laute Stimmen von draußen machten der Unterhaltung ein Ende.

Als erster kam der Wirt der Osteria: Er schritt rückwärts mit einer für sein Alter erstaunlichen Grazie und Leichtigkeit; in jeder Hand trug er einen dreiarmigen Leuchter. Ihm folgte die Gesellschaft der drei Herren, für die der Tisch gedeckt war; die zwei vordersten gingen Arm in Arm. Bei ihrem Eintreten veränderte sich im Nu der ganze Raum, so viel Licht, Stimmenschall und Farbe brachten sie mit – und ebensoviel leibhaftiges Dasein, denn zwei von ihnen waren sehr große Erscheinungen.

Einer von ihnen zog sofort Augustus' Aufmerksamkeit auf sich, wie bei jedermann, der in seine Nähe kam: ein Mann von ungefähr fünfzig, sehr groß, breit und überaus massig. Er war sehr gut angezogen, in Schwarz, seine Leinenwäsche strahlte; an den Händen trug er schwere Ringe; auf seinem großen Stock funkelte ein Diamantenknopf. Sein Haar war jettschwarz gefärbt, das Gesicht geschminkt und gepudert. Trotz seiner Massigkeit und obwohl er häufig verschnaufen mußte, bewegte er sich mit einer besonderen Anmut und wie nach seinem eigenen Rhythmus. Insgesamt, dachte Augustus, wenn man nicht den gewöhnlichen Maßstab anlegt, ein schönes Bild und ein Zierstück in jedem Fall; beispielsweise als Götzenbild wuchtig und eindrucksvoll. Er führte das Gespräch mit hoher und durchdringender, doch zugleich seltsam einnehmender Stimme.

«Reizend, ganz reizend, lieber Nino», sagte er, «wieder einmal mit dir zusammenzusein. Erst vergangene Woche hörte ich sagen, du habest eine ‹Danae› von Correggio gekauft und sechzehn Schekken von Cascine für deine Kutschen.»

Der junge Mann, zu dem er sprach und dessen Arm er hielt, schien ihm wenig Aufmerksamkeit zu schenken. Bei seinem Anblick verstand Augustus, daß die Leute hierzulande entzückt von seiner Schönheit sein mußten. Er hatte in letzter Zeit da und dort Gemäldegalerien durchstreift und dachte jetzt bei sich, ein heiliger Sebastian oder Johannes der Täufer oder auch der junge Engel am Grabe des Auferstandenen müsse aus seinem Bilderrahmen gestiegen sein, in modernen Kleidern, geschmackvoll und nachlässig: dann gliche er ihm aufs Haar. Denn auch in seinem ausgesprochen braun getönten Haar, in den Augen und im Gesicht hatte er etwas von dem nachgedunkelten Ton alter Gemälde. Und außerdem machte er den Eindruck, als sei er in seinen Gedanken ganz unbeschäftigt, so, wie es im Paradies sein müßte, wo Gedanken überflüssig sind.

Der dritte in der Gesellschaft war ein junges Herrchen, ebenfalls sehr reich gekleidet, mit gelocktem Blondhaar und einem rosa Gesicht, das wie bei einem Schaf, ohne daß die Kinnbacken absetzten, in einen speckigen Hals überging. Er war ganz Ohr für den alten Herrn und verlor keine Augen von ihm. Die drei nahmen zum Essen Platz, das Kerzenlicht bestrahlte sie.

Nach einem Blick auf die neuangekommene Gesellschaft erhob sich die junge Dame, legte sich den Mantel um und verließ das Zimmer. Augustus folgte ihr nach draußen, wo ihr Diener sie mit einem Leuchter erwartete.

Als Augustus zurückkam, wurde ihm gerade aufgetragen, und er setzte sich hin zu Kapaun und Kuchen mit rosa Schlagrahm. Die Unterhaltung an dem größeren Tisch ging munter fort, es lenkte ihn von seinen Gedanken ab und zog von Zeit zu Zeit seinen Blick hinüber. Dabei fiel ihm an dem alten Herrn etwas auf: Während er seine Gäste immer wieder zum Trinken anhielt, trank er selbst nur einen Fruchtsaft und hielt doch Schritt mit ihnen in der angeregten Stimmung, als stünde ihm ein natürliches Mittel zu Gebote, eine Trunkenheit ohne Wein. Einmal, als er länger redete, konnte Augustus der Geschichte folgen, die er den andern erzählte.

«In Pisa», sprach er, «war ich vor vielen Jahren zugegen, als unser berühmter Monti, der Dichter, den Monsignore Talbot mit der Pistole niederschoß. Es geschah bei einem Abendessen, gerade wie dem unsern hier, wir waren unser drei. Und es kam alles von einem Streit über die ewige Verdammnis.

Monti, der just seinen ‹Don Giovanni› beendigt hatte, litt zu der Zeit an einer Anwandlung von gefährlicher Schwermut, ihm schmeckte weder Essen noch Trinken, und Monsignore Talbot fragte ihn, was mit ihm sei, und wunderte sich, daß er nicht ganz im Glücke sei nach der so erfolgreichen Leistung. Monti fragte dagegen, ob er nicht verstehe, daß es jemandem schwer auf der Seele liegen müsse, Schöpfer eines Wesens zu sein, das ewig in der Hölle schmachten sollte. Talbot lächelte ihn an und erwiderte, so etwas könne nur leibhaftigen Menschen geschehen. Worauf der Dichter auffuhr und ihn fragte, ob denn sein Don Giovanni nicht leibhaftig sei. Der Monsignore hatte noch immer sein Lächeln, weil der andere das so ernst nahm; in seinem Stuhl zurückgelehnt erklärte er, was er meine, seien Wesen aus Fleisch und Blut. ‹Fleisch und Blut!› schrie der Poet. ‹Können Sie zweifeln, daß er ein Wesen aus Fleisch und Blut war, wenn allein in Spanien eintausendunddrei Damen bereit sind, diese Tatsache zu bezeugen?› Monsignore Talbot fragte dagegen, ob er sich wirklich in demselben Sinn für einen Schöpfer halte wie Gott.

‹Gott!› schrie Monti. ‹Gott! Haben Sie keinen Begriff davon, daß Gottes wirklicher Schöpferwille meinen Giovanni im Sinne hat und Homers Odysseus und den Don Quijote des Cervantes? Sehr wahrscheinlich sind Himmel und Hölle lediglich für ihresgleichen da, denn Sie werden doch nicht annehmen, daß ein allmächtiger Gott in Zeit und Ewigkeit Amen an meiner Schwiegermutter und an dem Kaiser von Österreich Genüge haben werde? Was Menschen sind, Mann und Weib, auf dieser Erde, ist nur das Tonmodell Gottes, wir Künstler sind seine Handlanger; und wenn die Statue in Stein oder Bronze fertig ist, schlägt er uns alle zusammen. Sie, wenn Sie sterben, werden wahrscheinlich auslöschen wie ein Licht, und damit basta, doch in den ewigen Gefilden werden Orlando, der Menschenhasser, und meine Donna Elvira wandeln. So will Gott haben, daß die Welt sich vollende, und wenn wir es manchmal etwas umständlich finden: Wer sind wir, daß wir ihn meistern dürften, da wir sehen, daß wir aber auch gar nichts wissen von Zeit und Ewigkeit?›

Obzwar selbst ein großer Kunstfreund, fühlte sich Monsignore Talbot etwas unbehaglich bei solch ketzerischen Ansichten; er fing an, Monti zur Rede zu stellen. ‹Fort mit Schaden, und überzeugen Sie sich gefälligst selbst›, schrie Monti, und mit der Pistole, mit der er gespielt hatte, auf der Kante des Tisches aufgelegt, gab er einen Schuß ab auf den ihm gegenübersitzenden Monsignore, der sogleich in seinem Blut hinsank. Es war eine ernste Sache. Monsignore Talbot mußte eine schwere Operation durchmachen und schwebte lange zwischen Leben und Tod.»

Die jungen Männer, die mittlerweile viel getrunken hatten, begannen ihren Witz zu üben an Montis Vorstellung; sie hielten dem Erzähler verschiedene Formen der Unsterblichkeit vor, die er unter den Händen von dem und jenem Dichter annehmen könnte. Sie gebrauchten viele Namen und Ausdrücke, die Augustus fremd waren; auch waren ihre

Stimmen weniger gut zu verstehen als die des alten Herrn; er gab erst wieder auf ihre Unterhaltung acht, als dieser allein zu sprechen fortfuhr.

«Aber nein, ihr Kinder», sagte er, «ich hege andere Erwartungen. Doch mag es immerhin von Nutzen für euch sein, euch ein wenig mit dem Gedanken an die andere Welt zu beschäftigen, und vielleicht mag es sogar diese neue Melancholie unseres lieben Nino, um derentwillen das ganze Land betrübt ist, zu zerstreuen, wenn ich euch eine andere Geschichte erzähle.»

Er lehnte sich zurück in seinen Stuhl, und während der ganzen Erzählung aß er keinen Bissen und trank keinen Schluck. Augustus gewahrte, als der Alte länger redete, daß sein junger dunkler Nachbar, den er seinen «lieben Nino» gerufen hatte, sich ebenso verhielt, so daß von den dreien nur noch der blonde Mensch mit dem Schafsgesicht fortfuhr, den Freuden der Tafel zuzusprechen.

«In Pisa lebte, meine lieben Freunde», begann der alte Herr, «zu meines Großvaters Zeiten ein Edelmann von hohem Rang und großem Vermögen, der machte die traurige Erfahrung mit einem jungen Freunde, dem er jegliche Wohltat gespendet hatte, daß ihm dieser mit der gewöhnlichen Undankbarkeit der Jugend eine tödliche Beleidigung zufügte und, was noch ärger war, ihn zum Gegenstand der Lächerlichkeit in aller Augen machte. Der Edelmann war ein Philosoph, dem über alles im Leben sein Herzensfrieden ging. Als er erkannte, daß die Sache ihm den Schlaf raubte und daß es keine Freude mehr für ihn gab und sein seelisches Gleichgewicht gestört blieb, solange er nicht das Blut seines jungen Feindes hatte, entschied er sich, ihn zu töten. Aber seine Stellung und andere Umstände ließen ihn keinen Weg sehen, es selbst zu tun, so wandte er sich an einen halbwüchsigen Burschen, einen Bravo in seiner Stadt. Denn in jenen Tagen gab es noch solche Leute. Nun war dieser junge Mensch recht überspannt und befand sich in schwieriger Lage; er hatte große Schulden und war in einer so elenden Verfassung, daß er nur durch eine Heirat einen Ausweg hätte finden können. Meines Großvaters Freund sagte zu ihm: ‹Ich möchte, daß jeder von uns in dieser Sache zufriedengestellt wird. Ich werde dir für meinen Seelenfrieden zahlen, was er mir wert ist, und das ist nicht wenig. Tue mir diesen Dienst, und ich will alle deine Schulden tilgen, bis herunter zu dem kleinen Rosenkranz deiner Großmutter aus Korallenperlen, den du verpfändet hast.› Der Bravo war damit einverstanden, und alles wurde zwischen ihnen abgemacht.»

Eine große Katze, die im Saal herumgestrichen war, sprang in diesem Augenblick dem alten Herrn auf die Knie, der die Geschichte erzählte. Ohne die Katze anzusehen, hielt er sie mit Streicheln bei sich fest, während er in seiner Erzählung fortfuhr.

«Die Uhr schlug Mitternacht, als der Bravo ihn verließ, und da er wußte, daß er keinen Schlaf fände, bevor diese Sache erledigt war, blieb er in seinem Zimmer auf und wartete auf die Rückkehr des jungen Menschen. Er hatte einen leichten Imbiß für ihn in seinem Zimmer richten lassen. Gerade als es eins schlug, trat der junge Mann ein, bleich wie der Tod. ‹Ist mein Feind tot?› fragte der Edelmann. ‹Ja›, antwortete der Bravo. ‹Ist es auch sicher?› fragte sein Auftraggeber, dessen Herz in der Brust vor Freude zu pochen anfing. ‹Ja›, antwortete der Bravo. ‹Wenn ein Mann tot sein kann, dem ich mein Stilett dreimal ins Herz gestoßen habe bis ans Heft. Ein jeder sollte, wie Sie gesagt haben, in dieser Sache zufriedengestellt werden. Jetzt will ich eine Flasche Champagner mit Ihnen trinken.› So nahmen die zwei recht guter Dinge ihr Abendbrot ein. ‹Wissen Sie›, sagte der Bravo, ‹eins ist schade, denke ich oft: daß wir allesamt so große Skeptiker geworden sind und kaum mehr glauben, was unsere frommen Großmütter uns gesagt haben. Denn es würde mir ein großes Vergnügen sein, zu denken, daß wir beide, Sie und ich, zur ewigen Verdammnis eingehen werden.›

Der Edelmann war erstaunt, und der junge Mann tat ihm leid, der aussah, als wäre er von Sinnen. Er fühlte sich ihm gegenüber zu Wohlwollen verpflichtet und versuchte ihn zu beruhigen. ‹Es ging über Ihre Kraft›, sagte er, ‹ich hätte Ihnen mehr zugetraut. Und was die ewige Verdammnis angeht, ich weiß, was Sie meinen, und Sie haben wahrscheinlich recht, glaube ich. Die Mordtat, die Sie heute nacht ausgeführt haben, die habe ich schon viele Male in meinem Herzen begangen, und die Heilige Schrift sagt, es sei dies so gut wie ein begangener Mord. Spitzfindige Denker würden sogar beweisen, daß der Anteil, den Sie daran haben, rein illusorisch sei; daher mögen Sie noch immer Ihren Rock in dem Blut des Lammes weißwaschen. Doch ich muß sagen, was ich Ihnen zahlte, zahlte ich für die Mühe, die Sie hatten, und für das Risiko, das Sie auf sich nahmen in bezug auf das Gesetz von Pisa und die Verwandtschaft meines toten Feindes. An Ihre Seele habe ich nicht gedacht, was Sie dabei riskierten, es wird nicht viel sein, dafür will ich Ihnen noch den Ring hier geben.› Bei diesen Worten zog er einen Ring mit einem großen Rubin, einem sehr wertvollen Stein, vom Finger und gab ihn dem jungen Mann, der ihn anlachte, als hätten sie nie von heiligen Dingen gesprochen. Alsdann trollte er sich. Unser Edelmann ging zur Ruhe und schlief seit Monaten zum erstenmal gut in dem Bewußtsein, daß sein Wunsch nun endlich erfüllt war und daß er dem Bravo gegenüber sich großzügig gezeigt hatte.»

Bei diesem Punkt der Erzählung stieg die Katze über den Tisch und sprang dem jungen Prinzen auf den Schoß. Als wäre er nur das Spiegelbild seines Gegenübers, begann er gleicherweise die Katze sacht zu streicheln, während er sich im Stuhl zurücklehnte und zuhörte.

«Aber es war ihm beschieden», fuhr der Alte fort, «daß sein Glaube an die Menschen einen Stoß erleiden sollte; denn einige Wochen später, als er wie verjüngt und neubelebt die Gesellschaft seiner Freunde, die Musik und die Schönheit der Umgebung von Pisa genoß, erhielt er einen Brief von einem Freund in Rom; der teilte ihm mit, sein Feind, für dessen Tod er einen so hohen Preis gezahlt hatte, sei dort wohlbehalten wie je und ein Stern ersten Ranges in der römischen Gesellschaft und am päpstlichen Hof.

Dieser letzte Beweis menschlicher Perfidie und seiner Torheit, an Freunde oder Gedungene zu glauben, traf den nichtsahnenden Mann hart. Er wurde krank und hatte eine lange Zeit unter Schmerzen in seinen Augen und im rechten Arm zu leiden, so daß er zu seiner Erholung das Bad Pyrmont aufsuchen mußte. Doch ich will diese traurige Zeit überspringen. Da er ein denkender Mann war, begann er über seine Zukunft und die des Bravo zu grübeln, wie sie damals beim Abendessen darüber gesprochen hatten. Ist es wirklich, dachte er, daß der Vorsatz allein die Waage niederdrückt und uns rettet oder verdammt, und hat die Tat nichts damit zu tun? Je mehr er darüber nachdachte, um so mehr erkannte er, daß es so sein müsse. Vermutlich sogar, dachte er, fällt der Vorsatz allein schon ins Gewicht, auch wenn es nur beim Vorsatz bleibt. Denn die Tat wischt den Wunsch aus. Der sicherste Weg, des Nächsten Weib nicht mehr zu begehren, ist ohne Zweifel der, sie zu besitzen; und wir sind imstande, unsere Feinde zu lieben und für die zu bitten, die uns beleidigen und verfolgen, sobald sie tot sind. Er erinnerte sich, wie liebreich er an seinen jungen Feind gedacht in der kurzen Zeit, da er geglaubt hatte, er sei besorgt und aufgehoben.

Daher, dachte er, ist die Hölle sehr wahrscheinlich voller Menschen, die nicht ausgeführt haben, was sie zu tun vorhatten. Das ist der Wurm, der niemals stirbt. Und somit», sagte der alte Herr, seine Stimme wurde plötzlich sanft und zärtlich, «da er den Glauben an die Bravi verloren hatte, nahm er sich vor, in Zukunft sein Vorhaben selbst auszuführen. Doch da war ein Punkt», fuhr er in der gleichen sanften Weise fort, «in dem hätte er gern Gewißheit gehabt, eh' er sich die ganze traurige Sache aus seinen Gedanken schlug: Wieviel mochte wohl der von ihm so schön bezahlte Bravo von der andern Seite bekommen haben?

Das, mein lieber Nino, ist meine Geschichte, hoffentlich hab' ich dich nicht damit gelangweilt. Du würdest mir einen großen Gefallen tun, wenn du mir sagen wolltest, was du davon hältst.»

Ein Schweigen trat ein. Der dunkle junge Prinz beugte sich vor, legte den Arm auf den Tisch, das Kinn auf die Hand gestützt, und sah den alten Mann an. Diese Bewegung hatte so viel von der Katze, die er bei sich hatte, an sich, daß es Augustus fast erschreckte.

«Ja, ich bitte um Nachsicht», sagte er, «es hat mich ein wenig gelangweilt, denn ich denke, als Erzählung war deine Geschichte zu lang, und selbst jetzt hat sie kein Ende. Wollen wir sie heute nacht zu Ende bringen.»

Er füllte sein Glas und trank es halb leer. Dann, mit einer lässigen Bewegung, als hätte er zu viel getrunken, um eine heftigere Anstrengung zu machen, schwippte er das Glas über den Tisch, dem alten Herrn ins Gesicht. Der Wein lief über den scharlachroten Mund und das gepuderte Kinn. Das Glas rollte dem Alten in den Schoß und fiel von dort zu Boden, wo es zerbrach.

Der junge Mann mit den blonden Locken schrie auf und sprang hoch. Mit einem kleinen Spitzentaschentuch versuchte er, den Wein von dem Gesicht des andern abzuwischen, als wäre es Blut. Doch der dicke alte Mann schob ihn weg. Einen Augenblick lang war sein Gesicht ganz unbeweglich, wie eine Maske. Dann begann es zu erglühen zu einem fremdartigen, triumphierenden Leuchten. Unmöglich zu sagen, ob sein Gesicht nun wirklich unter der Schminke rot wurde, doch es zeigte plötzlich, was die Schminke hatte vortäuschen sollen: den Ausdruck erhöhter einfacher Lebenskraft. Er hatte alt ausgesehen, während er seine Geschichte erzählte. Jetzt wirkte er wie lauter Jugend oder Kindheit. Da sah Augustus erst, wem er eigentlich ähnelte: Er hatte insgeheim die sanfte Fülle und große Macht alter Bacchus-Statuen. Die Atmosphäre des Zimmers schien überstrahlt von seinem Leuchten, als hätte sich der alte Gott mit eins, weinlaubgekrönt, den Sterblichen geoffenbart. Er nahm ein Taschentuch und tupfte sorgsam seinen Mund damit; dann, das Tuch vor Augen, sprach er mit leiser, freundlicher Stimme, so wie ein Gott mit menschlichen Wesen gesprochen hätte, eingedenk seiner natürlichen Stärke, die sie nicht aushalten könnten.

«Es ist Tradition in eurer Familie, Nino, ich weiß», sagte er, «dieses erlesene Savoir-mourir.» Er schlürfte ein wenig von seinem Fruchtsaft, um den Geschmack des Weines, der seinen Mund berührt hatte, fortzunehmen. «Was für ein ausgezeichneter Kritiker du bist, nicht nur deiner eigenen toskanischen Gesänge, sondern auch der modernen Prosa. Das war gerade der Fehler meiner Geschichte: daß sie kein Ende hatte. Eine reizende Sache: ein Ende. Willst du morgen bei Sonnenaufgang auf der Terrasse hinter dem Hause sein? Ich kenne den Platz, eine sehr gute Stelle.» «Ja», gab Nino zurück, noch in der gleichen Haltung mit dem Kinn in der Hand. «Danke schön», erwiderte der alte Herr, «danke dir, mein Lieber. Und jetzt», setzte er mit ruhiger Würde fort, «wenn es euch gefällt, werde ich mich zurückziehen. Ich kann nicht», sagte er mit einem Blick unter sich auf sein beflecktes Hemd, «in diesem Aufzug länger in eurer Gesellschaft verweilen. Arturo, gib mir deinen Arm. Ich werde ihn zurückschicken, um alles mit dir zu ordnen, Nino. Gute Nacht, schlaf wohl!»

Als er am Arm des blonden jungen Menschen, der jetzt totenbleich war und vor Entsetzen ganz außer sich schien, weggegangen war, saß der andere junge Mann eine Weile ohne Regung, als wäre er eingeschlafen. Dann wandte er sich um und schaute Augustus an, dessen Gegenwart ihm vorher nicht bewußt gewesen schien; er stand auf, kam zu ihm und begrüßte ihn sehr artig. Er war nicht ganz sicher auf seinen Füßen, trotzdem schaute er drein, als wäre er imstande, einen Part in jedem Ballett zu übernehmen.

«Signore», sprach er, «Sie waren Zeuge des Streites zwischen mir und meinem Freund, dem Prinzen Potenziani, dem ich Satisfaktion geben muß. Wollen Sie als Edelmann mir die Güte erweisen und als mein Sekundant morgen früh zur Stelle sein? Ich bin Giovanni Gastone von Toskana, zu dienen.» Augustus bedeutete dem Prinzen, daß er niemals etwas mit einem Zweikampf zu tun gehabt habe; es sei ihm unbehaglich, in so etwas verwickelt zu werden.

«Ich würde glücklich sein, Ihnen Beistand zu leisten», betonte er, «aber ich finde, solchen Streit zwischen Freunden beim Abendessen sollte man in freundlicher Weise beilegen. Sie können doch nicht wünschen, gegen diesen Mann, der soviel älter ist als Sie, um ein Nichts die Waffe zu heben!»

Giovanni lächelte ihn liebenswürdig an. «Beruhigen Sie Ihr Gewissen, Graf», sagte er, «der Prinz ist der beleidigte Teil, und er wird die Waffen wählen. Wenn Sie in Toskana lebten, wüßten Sie von seiner Kunstfertigkeit im Schießen. Und was sein Alter anbetrifft, es ist richtig, er hat doppelt so lange gelebt als Sie und ich, und trotzdem ist er im Grunde ein Kind, verglichen mit uns. Es würde für ihn ganz natürlich sein, zweihundert Jahre zu leben, so wie es für unsereinen sechzig tun. Die Dinge, die uns verbrauchen, berühren ihn nicht. Er ist wirklich wunderbar.»

«Was Sie gesagt haben», entgegnete Augustus, «läßt das Duell um nichts vernünftiger erscheinen. Kann es nicht sein, daß er Sie tötet?»

«Nein, nein», meinte der junge Mann, «aber er ist eine lange Zeit mein bester Freund gewesen. Wir wollen ausfindig machen, wer von uns beiden bei Gott am besten in Gunst steht.»

Der hohle und helle Ruf eines Vogels klang vom Garten wie die Stimme der Nacht selbst. «Hören Sie den Steinkauz schreien?» fragte Giovanni. «Das bedeutete immer, daß mir etwas Gutes bevorstand. Ich weiß nicht», setzte er nach einer Weile hinzu, «was es jetzt sein wird, es sei denn, Gott hat eine viel größere Macht der Einbildungskraft, als ich sie habe – dann wäre er meinem Freund, dem Prinzen, ähnlicher als mir. Und das natürlich traue ich ihm zu.» Gedankenverloren saß er ein Weilchen da. «Den Pferden, die ich da gekauft habe», sagte er, «habe ich noch keine Namen gegeben. Der Prinz würde mit Leichtigkeit für jedes einen Namen gefunden haben. Fällt Ihnen vielleicht etwas ein?»

Als der junge Prinz mit wiederholten Dankesworten gute Nacht gesagt und seinen Sekundanten verlassen hatte, kam der alte Diener, den Augustus im Wagen gesehen, lautlos wie eine Katze zu ihm und berührte ihn am Ärmel. Seine Herrin, meldete er, sei durch die Geräusche im Hause beunruhigt und sie bitte den Grafen, ihr zu sagen, was es gegeben habe. In der Tat erwartete sie ihn am Ende des Gebäudes, wo das Licht auf eine Steinbank fiel. Der alte Diener hielt sich in einiger Entfernung in der Nähe eines großen Baumes.

Augustus zögerte, die junge Dame in das beabsichtigte Duell einzuweihen, aber sie wußte bereits Bescheid, ihr alter Haushofmeister hatte mit dem Herbergsvater außen an der Tür gehorcht. Was sie wissen wollte, und sie schien darüber sehr erregt, war, wie der Streit entstanden sei. Augustus hielt es, auch im Falle einer späteren gerichtlichen Untersuchung, für das beste, ihr den Hergang zu erzählen. Er könne nicht begreifen, wie es darüber zu einem Kampf auf Leben und Tod kommen könne, erklärte er und wiederholte ihr alles von der abendlichen Unterhaltung, dessen er sich entsann. Sie hörte ihm wortlos zu, regungslos und aufrecht dastehend wie ein Standbild, doch mitten in der Erzählung nahm sie ihn am Arm und führte ihn in den Kreis von Helligkeit. Als er geendigt hatte, bat sie ihn, ihr die Geschichte des alten Prinzen von dem

Bravo nochmals zu erzählen, und sie unterbrach ihn, um sich bestimmte Worte und Wendungen wiederholen zu lassen.

Als er das zweitemal zu Ende kam, drehte sie sich plötzlich im Licht, und er war bestürzt, in ihrem Gesicht, als böte es ein Spiegelbild, den gleichen Ausdruck zu sehen wie auf dem Gesicht des alten Prinzen, als er so tief beleidigt war. Sie gebrauchte weder Puder noch Schminke, so daß er dem Lauf ihres Blutes folgen konnte, wie es langsam hochstieg, bis das ganze Gesicht aufglühte wie von einem feurigen Wein oder einer heftigen Anstrengung. In einer leichteren Form – da sie gänzlich unbeschwert war an Leib und Seele – nahm sie in diesem Augenblick teil an einer dionysisch-göttlichen Verwandlung, und so hätte sie gut eine der jungen Bacchantinnen im Gefolge des alten Weingottes sein können oder, mit dem Licht in ihren Augensternen, einer von seinen Panthern.

Sie atmete tief auf. «Vom ersten Augenblick an, als ich Sie sah, Signore», sprach sie, «wußte ich, daß mir etwas Gutes begegnen würde. Bitte, sagen Sie mir nun: Wenn sie beide zur gleichen Zeit schießen, und beide haben gut gezielt, kann es sein, daß jeden die Kugel ins Herz trifft und sie beide zugleich fallen?»

Augustus dachte, für einen Studenten der Sterne und der Philosophie zeige diese junge Dame einen recht blutdürstigen Sinn. «Ich habe niemals etwas Derartiges gehört», erwiderte er, «aber ich möchte nicht behaupten, daß es nicht vorkommen könnte. Ich fühle mich sehr beunruhigt über den Ausgang des Duells; es ist ein eigenartiges Zusammentreffen, daß mir gestern erzählt wurde, was für ein Meisterschütze der alte Prinz ist.»

«Das ist allbekannt», meinte sie, «kann er den Leuten nicht auf andere Art einen Schrecken einjagen, so tut er's mit seinen Pistolen. Doch bitte, sagen Sie mir, Signore», fuhr sie fort, «wer ist der junge Mann, den der Prinz zur Strecke bringen will? Sie haben mir seinen Namen nicht gesagt.» Augustus nannte ihn. Wieder stand sie schweigend und regungslos da. «Giovanni Gastone», wiederholte sie langsam, «dann habe ich ihn selbst gesehen. Am Tage meiner ersten Kommunion vor fünf Jahren: Er begleitete seine Großmutter in die Kirche und hielt seinen Schirm über sie vom Wagen bis zur Vorhalle, denn es regnete heftig.»

«Sollen sie zu Bett gehen», sagte sie nach einer kleinen Weile. «Wenn es denn die letzte Nacht ist, in der er zu Bett gehen kann, soll er schlafen. Aber wir, Signore, können unmöglich schlafen, was machen wir? Mein Diener sagt mir, es sei hier in der Herberge eine Puppenspielergesellschaft, und da die Fuhrleute von Pisa spät zurückkommen, werde es in einer Stunde eine Vorstellung geben. Wollen wir hingehen und sie uns ansehen?»

Augustus war ebensowenig nach Schlafen zumute; tatsächlich hatte er sich kaum je so hellwach und munter gefühlt. Er fühlte seinen Körper leicht werden, wie er es als Knabe so oft verspürt hatte. Mit dem glücklichen Erstaunen eines Goldgräbers, der eine Goldader im Gestein anschlägt, bedachte er, daß er auf eine Ader der Lebensereignisse gestoßen sei. Die Gesellschaft des jungen Mädchens machte ihn in besonderer Weise froh, er sinnierte, ob es an den langen schwarzen Hosen lag, die sie gleich ihm trug; Hosen waren das einzig richtige Kleidungsstück für ein menschliches Wesen, dünkte ihn. Die Falbeln und Schleppen, mit denen Frauen im allgemeinen ihre Weiblichkeit betonen, schien ihm, machten ein Gespräch mit ihnen zu der Art Unterhaltung, wie man sie mit Offizieren in Uniform oder mit Geistlichen in ihrem schwarzen Talar hatte, wobei nicht viel herauskommt. Er folgte ihr in die große, weißgetünchte Scheune, wo das Theater aufgeschlagen war. Das Spiel hatte soeben begonnen.

Es war eine heiße und stickige Luft hier, obgleich oben unter dem Dach ein Fenster gegen den blauen Nachthimmel offenstand. Das Gebäude war halb voll und mit einer Anzahl ausgedienter Laternen, die an der Decke hingen, notdürftig erleuchtet. Um die Bühne her warfen die Kerzen der Rampenlichter ein zauberisches Inselchen von Licht auf die Kostüme der Puppen in Rot, Orange und Grün, die wahrscheinlich im Tageslicht verblaßt und unschön aussahen, jetzt aber leuchteten und strahlten wie Juwelen. Ihre Schatten, die weit größer als sie selbst waren, warfen alle ihre Bewegungen auf den weißen Hintergrund zurück.

Die Spieler unterbrachen ihre Vorstellung beim Eintritt so vornehmer Zuschauer, sie brachten zwei Lehnstühle herbei, damit sie nahe der Bühne Platz nehmen konnten. Dann nahmen sie den Faden dort wieder auf, wo sie abgebrochen hatten, sie sprachen laut mit den verschiedenen Stimmen der mitspielenden Gestalten.

Es wurde die unsterbliche «Rache der Wahrheit» gespielt, die reizendste Marionettenkomödie, die es gibt. Jedermann wird sich erinnern, wie eine Zauberin den Plan ausheckt, das Haus samt allen Geschöpfen darin zu verwünschen, dergestalt, daß jede Lüge hier zur Wahrheit wird. So das gewinnsüchtige Weibchen, das nach einem reichen Mann trachtet, dem sie erzählt, daß sie ihn liebt, verliebt sich in ihn; aus dem Aufschneider wird ein Held; der Scheinheilige wird richtig fromm; der alte Geizhals, der den Leuten erzählt, daß er arm sei, verliert sein ganzes Geld. Wenn die Frauen unter sich sind, sprechen sie in Versen, aber die Redeweise der Männer ist teilweise sehr gewöhnlich; nur ein junger Knabe – die einzige unschuldige Person in der Komödie – hat einige wunderhübsche Liedchen zu singen, die von einer Mandoline hinter der Bühne begleitet werden.

Die Moral des Stückes gefiel dem Publikum, ihre müden, staubigen Gesichter leuchteten auf, als sie über Mopsus, den Spaßmacher, lachten. Das junge Mädchen folgte der Entwicklung der Verzauberung, als dichte sie im Geiste das Spiel mit. Augustus in seiner augenblicklichen Verfassung war von einigen der Gespräche seltsam im Herzen berührt. Wenn der Liebhaber zu seiner Geliebten sagt, daß ein Stück trockenes Brot den Hunger besser stillt als ein ganzes Kochbuch, nahm er sich das in gewisser Hinsicht selbst zur Lehre. Das nichtsahnende Opfer unterhält seinen Mörder über die Schönheit des Mondlichtes, und der Bösewicht antwortet mit einem Traktat über das Sinnwidrige von Gottes Allmacht, uns mit Dingen zu ergötzen, die uns keinen Vorteil bringen, die eher das Gegenteil bewirken mögen; und er fährt fort zu behaupten, daß Gott uns folglich leiden mag, wie wir unsere Hunde leiden mögen: ist er gut aufgelegt, sind wir es auch, und ist er niedergeschlagen, sind auch wir niedergeschlagen; und macht er in einer romantischen Laune die mondbeglänzte Zaubernacht, folgen wir ihm auf den Fersen, soweit wir können. Augustus mußte lächeln. Er dachte, er möchte gern wieder fühlen wie als Kind, wie eins von Gottes Hündlein.

Am Schluß erscheint die Hexe wieder, und auf die Frage, was nun eigentlich die Wahrheit sei, gibt sie die Antwort: «Die Wahrheit, meine Kinder, ist, daß ein jeder von uns in einer Marionettenkomödie spielt. Wichtiger als alles andere in einer Marionettenkomödie ist, die Idee des Autors gut herauszubringen. Das ist wahre Glückseligkeit des Lebens, und da ich jetzt in ein Marionettenspiel geraten bin, will ich es nie mehr verlassen. Aber ihr, meine lieben Mitspieler, bringt mir die Idee des Autors gut heraus. Ja, treibt sie auf die Spitze, bis zum Äußersten.» Diese Rede schien Augustus plötzlich sehr viel Wahres zu enthalten. Ja, dachte er, wäre mein Leben nur so eine Marionettenkomödie, in der ich meine Rolle zu spielen hätte, die ich gut kenne, dann möchte es gar leicht und schön sein. Die Leute hierzulande schienen irgendwie dieses Ideal zu verwirklichen. Sie waren so gefeit gegen die Schrecknisse, die Untaten und Wunder des Lebens, an denen sie Anteil nehmen, wie es die kleinen Schauspieler auf der alten Bühne waren. Den Menschen des Nordens sind die starken Erschütterungen der Seele immer wieder befremdend, und im Zustand der Erregung ist ihre Sprache stockend und polternd. Doch diesen Menschen hier strömt es wild und leidenschaftlich von den Lippen, das Leben, was es auch bringen mag, gleicht einer Komödie, einem Stück, das sie schon geprobt haben. Wenn ich nun endlich, dachte er, in ein Marionettenstück komme, so will ich es nicht mehr verlassen.

Während der letzten Szene, als alle Puppen auf der Bühne waren, den Beifall des Hauses einzuheimsen, hörte Augustus, wie sich eine Tür des hinteren Raumes öffnete; als er sich umwandte, sah er den Prinzen Giovanni und seinen Diener hereinkommen und sich unter dem Publikum umschauen, als suchten sie jemanden. Da er glaubte, daß sie vielleicht nach ihm ausschauten, stand er auf und ging zu ihnen, ein wenig weg von dem lauten Spiel. Er fühlte sich leicht beklommen, daß er fortgegangen war, sich einen Spaß zu machen, während dies vielleicht die letzte Nacht im Leben des jungen Menschen war, doch Giovanni schien nicht erstaunt und fragte, ob das Spiel gut gewesen sei. «Eine mißliche Sache ist passiert», sagte er, «der junge Freund des Prinzen, der sein Sekundant sein sollte, hat Anfälle bekommen. Er ist sehr elend und greint unaufhörlich. Ich erinnere mich, Sie heute abend in Gesellschaft eines jungen Mannes gesehen zu haben; aus Ihrem Benehmen ihm gegenüber schloß ich, daß er ein Herr von hohem Rang sein muß, vielleicht aus Ihrem eigenen Lande. Ich möchte Sie bitten, ihn zu bewegen, daß er morgen früh die Rolle des Sekundanten übernimmt, denn weder der Prinz noch ich wünschen einen Aufschub.»

Die Worte des Prinzen brachten Augustus in Verlegenheit. Er mochte nichts von dem Geheimnis der jungen Dame preisgeben und sagte sich, daß es am Ende besser sei, Giovanni in dem Glauben zu lassen, es handle sich wirklich um einen jungen Landsmann von ihm, der gewissermaßen in seiner Obhut stand. «Bei seiner großen Jugend ist es vielleicht wenig ratsam, den Herrn in unsere leidige Sache zu ziehen. Doch da er gerade hier ist, will ich ihn darum befragen, wenn Sie warten wollen.» Als er zurückkam, schaute die junge Dame noch auf die Bühne; soeben fiel der Vorhang zum letztenmal. Er wiederholte ihr sein Gespräch mit dem Prinzen und schlug vor, daß sie irgendeine Entschuldigung finden sollten, die es ihr ermöglichte, früh am Morgen aufzubrechen, um dem Handel fernzubleiben. Sie überlegte kurz, erhob sich und blickte nach Giovanni, der vom andern Ende des Raumes auf sie und Augustus schaute.

«Signore», erwiderte sie hierauf langsam und ernst, «ich möchte Ihren Freund, den Prinzen Nino, kennenlernen, und nichts könnte mir lieber sein, denn als Sekundant bei diesem Duell zu dienen. Es bestanden nie sehr freundschaftliche Beziehungen zwischen unseren Familien, doch in einer Ehrensache ist es Pflicht, derartige Dinge außer acht zu lassen. Haben Sie die Güte, ihm zu sagen, daß mein Name Daniele della Gherardesca ist und daß ich zu seiner Verfügung stehe.» Prinz Giovanni sah ihre Blicke auf sich gerichtet, er trat auf sie zu, und Augustus übernahm die Vorstellung; die beiden jungen Leute wechselten einige Worte von größter Höflichkeit. Das Mädchen stand mit dem Rücken zur Bühne, und das Rampenlicht wob einen Schein um ihr Haupt. In ihrer zwanglosen und stolzen Haltung sah sie einem jungen Heiligen gleich, der sich als Dandy verkleidet. Die Leute im Zuschauerraum, die sich erhoben hatten, erkannten den Prinzen und blieben in einiger Entfernung neugierig stehen.

Der Prinz äußerte seinen Dank für die ihm erwiesene Gefälligkeit. «Mein Herr», sprach das Mädchen, «in Ägypten suchte Potiphars Weib, als sie schon eine alte Dame war und er Ministerpräsident, um eine Audienz bei Joseph nach, ihn für ihren Schwiegersohn um den hohen Orden vom Stern des Paradieses zu bitten. ‹Ich will nicht unbescheiden sein›, sagte sie, ‹aber ich meine, es ist viel Wasser den Nil hinabgeflossen, seit ich Eure Exzellenz um einen Gefallen bat; so darf ich hoffen, Sie werden mir ein williges Ohr schenken.›

‹Madame›, erwiderte der Ministerpräsident, ‹einmal, vor langer Zeit, lag ich im Kerker. Die Sterne konnte ich da nicht sehen, doch mir träumte viel von Sternen. Nun sah ich sie im Traum am ganzen Himmel durcheinanderrennen, eine wilde Schar, weil ich sie nicht hüten konnte; die Schaf- und Kamelhirten, die bei Nacht austreiben, verloren Weg und Steg. Auch von Ihnen, Madame, träumte mir einmal, das war, als der Stern Aldebaran vom Himmel fiel; ich hob ihn auf und überreichte ihn Ihnen. Sie steckten ihn an Ihr Spitzentuch und sprachen: ‚Danke tausendmal, Joseph!' Es freut mich, daß sich mein Traum mehr oder weniger erfüllt hat. Der Orden für Ihren Schwiegersohn ist schon sein.›» Bald darauf gingen sie auseinander.

Der Zweikampf

Die Sonne war noch nicht aufgegangen, doch es lag eine köstliche Erwartung von Helligkeit in der Luft, keine Wolke stand am Himmel. Die Steinfliesen der Terrasse waren noch naß vom Tau; im Garten fing ein Vogel zu singen an, bald ließ ein zweiter sich hören, und von der Straße erklangen die Rufe der

Fuhrleute, die früh am Morgen auf waren und neben ihren langhornigen Ochsen einhergingen.

Augustus trat aus dem Hause; er war der erste. Die Frische der tropfenklaren Morgenluft ließ ihn tief Atem holen; langsam zog er den Geruch von Rauch, den Duft der blühenden Bäume und den Staub der Landstraße ein. Es war für ihn ein Unding, daß der Tod in dieser Luft liegen sollte, und doch ließ es ihm keinen Zweifel darüber: Den zwei Gegnern war es todernst; und nach den Bedingungen, die sie in der verwichenen Nacht festgesetzt, hielt er es für sehr wahrscheinlich, daß einer von ihnen die Sonne nicht mehr sehen werde, wenn sie heute hoch im Blauen stand.

Der Gedanke an den Tod nahm ihn stärker in Anspruch, als er gemach dem Ende der langen Plattform zuschritt. Von dort konnten seine Blicke weithin der Straße mit ihren Baumreihen folgen, die sich durch die Landschaft auf und nieder schlängelten. Am Himmelsrande unterschied er eine niedrige, gebrochene blaue Linie, über der eine kleine Wolke in der Luft hing. Er dachte, wenn erst die Sonne heraufkäme, würde es sich zeigen, daß es Pisa war. Pisa, sein erstes Reiseziel! Er hatte Briefe, bei der Gesellschaft dort sich einzuführen. Indessen diese Gesellschaft es eilig hatte, bei ihrem letzten Reiseziel überhaupt anzulangen! Und ihm schoß der Gedanke durch den Sinn, daß sie gewissermaßen um ein gut Teil länger unterwegs gewesen sein mußte als er und wohl ein gut Teil mehr auf der

Straße gesehen hatte, da sie so gefaßt der ganzen Reise ein Ende machte.

Sich umwendend, sah er Giovanni in Begleitung seines Dieners herauskommen und stehenbleiben, nach dem Himmel Ausschau zu halten, genau wie er zuvor. Als Giovanni den jungen Dänen sah, kam er hin und begrüßte ihn. Zusammen gingen sie die Terrasse auf und nieder und sprachen über beiläufige Dinge. Falls der Duellant nervös war, so war es tief in ihm verborgen und gab sich nur in einer neuen Sanftheit und Liebenswürdigkeit seines Betragens zu erkennen. Gleichzeitig hatte Augustus den Eindruck von ihm, als klammere er sich mit zärtlichem Ungestüm an die kommende Schicksalsstunde an, so daß er sie um nichts in der Welt sich entwinden lassen wollte.

Zwei Diener des alten Prinzen kamen heraus, sie trugen einen großen Lehnstuhl. Der Prinz war zu schwer, um bei dem Waffengang zu stehen, er war gewohnt, sitzend zu schießen. Sie fragten Augustus, wo sie den Sessel hintun sollten, und suchten alle zusammen nach einer ganz ebenen Stelle für den Stuhl. Es sollten zehn Schritte Abstand zwischen den Kämpfenden sein, die Entfernung wurde genauestens abgemessen. Der Platz, wo Giovanni stehen sollte, wurde bezeichnet. Die Diener des alten Prinzen brachten in einem sehr feinen Kasten ein Paar Pistolen nebst einem Glas Fruchtsaft und einem seidenen Taschentuch, was alles auf einem kleinen Tisch neben dem Stuhl des alten Mannes Platz fand.

Dann gingen sie in das Haus zurück. Während sie diese Anordnungen trafen, kam das junge Mädchen mit ihrem bejahrten Diener die Terrasse entlang: sehr blaß in ihrem weiten Mantel, hielt sie sich ein wenig beiseite. Der Arzt, den man vom Dorf geholt – ein altes Männchen, das nach Pfefferminz roch und noch den Zopf und Haarbeutel der letzten Generation trug –, kam zu gleicher Zeit; er schloß sich ihr auf dem Fuße an und unterhielt sie mit Duellgeschichten, die er gelesen und von denen er gehört, lauter Geschichten mit tödlichem Ausgang. Der junge Prinz, etwas entfernt stehend, blickte von Zeit zu Zeit nach ihr hin. Die Luft schien sich langsam mit Licht zu füllen; der Gesang der Vögel klang mit eins sehr voll. Man fühlte: Im nächsten Augenblick mußte etwas geschehen. Auf der Straße zog eine große Schafherde vorbei in einer Wolke von Staub, die schon mit Gold gesprengt war.

Sie blickten auf die Tür der Osteria, als diese sich öffnete und, auf die Arme seines Dieners gestützt, der alte Prinz heraustrat. Er trug einen sehr eleganten flaschengrünen Mantel und war mit großer Sorgfalt zurechtgemacht, auch bewegte er sich mit äußerster Grazie und Vornehmheit. Offensichtlich ging es ihm sehr nahe. Im selben Augenblick ging die Sonne auf, doch sie veränderte oder beherrschte die Szene nicht stärker, als es sein Erscheinen tat. Die anderen waren, jeder auf seine Weise, bemüht, ihre Gefühle zu verbergen, während er mit einer wahren Kindesunschuld und überzeugt von dem

Mitgefühl der Umstehenden seinen Kummer zeigte. Seine dunklen Augen waren feucht, doch klar und mild blickend, als wäre ihm alles im Leben gleich lieb und recht. Er machte denselben Eindruck von Zuversicht und Meisterschaft wie ein großer Virtuose, der auf seiner Geige die Tonleiter auf und ab spielt, auch den Teufelstriller, als wäre es ein Kinderspiel. Dieser Gleichmut war so erstaunlich und überraschend wie das Gleichgewicht seines großen Körpers auf den außergewöhnlich schmalen und feinen Füßen. Als Augustus seinem Blick an diesem Morgen auf der Terrasse begegnete, stand es alsbald bei ihm fest, der Schuß des alten Herrn würde tödlich sein. Jupiter selbst mit seinem Donnerkeil im Schoße hätte keinen stärkeren Eindruck von Unüberwindlichkeit machen können.

Er sprach zu allen gleich höflich und freundlich, und es schien, als hätte er sich den Doktor vom ersten Sehen an ergeben gemacht; seine fischartigen Augen folgten jeder Bewegung des großen Mannes. Dieser zeigte keinerlei Hast, doch sichtlich wollte er die Sache auch nicht in die Länge ziehen. Mit dem Augenblick seiner Anwesenheit war es klar, daß jedermann, wie in einem wohleinstudierten Menuett, seinen Part spielen würde.

Nach einigen Bemerkungen über das Wetter und die Umgebung und seinem Dank an die beiden Sekundanten bot er, noch immer stehend, seinem Freund die Wahl der Pistolen an, und als Giovanni mit seiner Waffe in der Hand sich nach der für ihn bezeichneten Stelle zurückzog, ließ er den Arm seines Dieners los und machte seinem Gegner eine tiefe Verbeugung und dann eine Gebärde der Erlösung, als käme nun das gewöhnliche Dasein zu einem glücklichen Ende und als finge das wirkliche Leben an. Die zweite Pistole aufnehmend, ließ er sich in den großen Lehnstuhl nieder; die Waffe ruhte einen Augenblick auf seinen Knien. Augustus nahm seinen Platz ein in gleicher Entfernung von den beiden Gegnern, daß sie seinen Zuruf hören konnten. Ein leichter Windhauch lief durch die Blätter der Bäume im Garten und schüttelte die Blüten in einer Wolke voll Duft herunter.

Eben als Augustus ansetzte, um das Kommando zu geben: eins – zwei – drei, trat die leichte Gestalt des jungen Mädchens, deren Gesicht ihm zugewandt war, auf den alten Prinzen zu, und eine Hand zur Hüfte hebend, sprach sie zu ihm mit klarer, leiser Stimme, als wäre ein Vogel aus dem Garten auf seine Schulter geflogen, um ihm vorzusingen.

«Erlauben Sie mir, Prinz», sagte sie, «daß ich zu Ihnen spreche, bevor Sie schießen. Ich habe Ihnen etwas mitzuteilen. Wenn ich ganz sicher wäre über den Ausgang Ihres Zweikampfes, würde ich warten, bis Ihr Freund von Ihrer Hand gefallen ist; doch niemand kennt die Wege der Vorsehung, und ich möchte nicht, daß Sie fallen, ohne zuvor zu vernehmen, was ich Ihnen zu sagen habe.»

Alle Gesichter hatten sich ihr zugewandt, aber sie blickte nur in das stille und bekümmerte Antlitz des alten Herrn. Sie sah sehr jung und schlank aus, doch der große Ernst und die Selbstbeherrschung verliehen ihrer Erscheinung eine höhere Gewalt, als ob sich ein junger, rächender Engel vom blauen Himmel auf die Terrasse herabgelassen hätte, um Gericht zu halten.

«Vor einem Jahr», begann sie, «ging Rosina, Ihre Frau, mitten in der Nacht weg, ihren Vetter Mario im Hause ihrer alten Amme am Hafen zu besuchen, da er am kommenden Morgen Pisa verlassen sollte. Es war eine Notwendigkeit für sie beide, sich zu treffen; sie mußten zu einem Entschluß kommen. Auch spürte Rosina ihre Kräfte nachlassen und daß sie ihren Liebsten noch einmal sehen müsse; sonst, so glaubte sie, wäre es ihr Tod. Rosina, wie Sie wissen, hatte immer ein Licht in ihrem Schlafzimmer brennen, und sie wagte nicht, es in dieser Nacht zu löschen, aus Furcht, Sie könnten hereinkommen oder eine von den Zofen, Ihren Spioninnen, würde nachsehen und, falls sie das Zimmer leer fände, Lärm schlagen. So bat sie ihre beste Freundin, die noch ein Mädchen war wie sie selbst und sich heilig verpflichtet hatte, ihr jederzeit beizustehen, für diese eine Stunde ihren Platz im Alkoven einzunehmen. Zu diesem Zweck bestachen die beiden Baba, Ihren Negerdiener, mit zwölf Ellen karmesinrotem Samt und einem kleinen Bologneser Hündchen, das Rosinas Freundin gehörte, denn mehr hatten sie auf der Welt nicht zu verschenken, daß er sie ein- und ausließ.

Sie kamen und gingen in der Kleidung des Apothekergehilfen, der manchmal geholt wurde, wenn Ihrer alten Haushälterin ein Klistier zu geben war. Rosina begab sich zu dem Hause ihrer Amme und sprach mit Mario in Gegenwart der alten Frau, wie ausgemacht. Sie gelobten sich ewige Treue, und sie gab ihm einen Brief für ihren Großoheim mit nach Rom. Kurz nach ein Uhr kam sie in den Palazzo zurück. Dies, Prinz, ist es, was ich Ihnen mitteilen wollte.»

Regungslos wie eine Reihe hölzerner Puppen, die man inmitten der großartigen Landschaft auf die Terrasse des Gasthauses gestellt hatte, verharrte jeder an seinem Platz: Augustus und der alte Doktor, weil sie nicht wußten, was mit diesen Worten gemeint war, der Prinz und Giovanni, weil sie zu sehr getroffen waren, um sich bewegen zu können.

Schließlich nahm der alte Herr das Wort. «Wer», fing er an, «hat Sie, mein junger, hübscher Signore, heute hierher geschickt, mir das zu sagen?» Das junge Mädchen sah ihm frank in die Augen. «Erkennen Sie mich denn nicht wieder, Prinz?» fragte sie. «Ich bin eben das Mädchen Agnese della Gherardesca, die Ihrer Gattin den Dienst erwiesen hat. Sie haben mich bei Ihrer Hochzeit gesehen, als Brautjungfer im gelben Kleide. Auch ein anderes Mal, als Sie zu Rosina kamen und ich mit Professor Pacchiani Schach spielte, den Sie zu ihr geschickt hatten, damit er ihr ihre Pflichten klarmache. Ihre Tränen verbergend stand sie am Fenster.»

Als sie diese Worte gesprochen, wandte der Prinz Giovanni keinen Blick mehr von ihrem Gesicht; er verhielt sich ganz still während allem, was nun geschah, unbewegt wie die Bäume des Gartens.

Der alte Prinz saß in dem großen Stuhl und hatte mehr denn je das Aussehen eines schönen und ernsten Götterbildes aus Gold, Elfenbein und Ebenholz. Er sah voll Teilnahme auf das junge Mädchen. «Es tut mir sehr leid, Signora», versicherte er voll Höflichkeit. Dann schwieg er wieder.

«Aber», sagte er sehr leise nach einer Weile, «wenn Baba mir treu geblieben wäre, hätte ich die beiden zusammen in dem Hause am Hafen in jener Nacht getroffen und sie in meiner Hand gehabt.»

«Ja, das hätten Sie», antwortete das junge Mädchen, «aber was war den beiden am Tod von Ihrer Hand gelegen, wenn sie nur zusammen sterben konnten?»

«Nein, nein, nein!» entgegnete der alte Prinz. «Niemals! Wie können Sie denken, daß ich hätte Hand an sie legen mögen. Die Kleider hätte ich ihnen weggenommen und ihnen gesagt, daß ich sie am anderen Morgen eines schlimmen Todes werde sterben lassen, dann hätte ich sie beide die Nacht über eingeschlossen. Wenn sie erschrak oder böse war, errötete ihr Gesicht, ihr ganzer Körper wie eine Oleanderblüte.» Bei dieser Vorstellung verweilte er längere Zeit. Er schien mehr und mehr zur Leblosigkeit zu erstarren, bis auf einmal ein Schauer tiefer Erregung sein Gesicht überlief.

«Und», rief er gramvoll aus, «ich besäße sie noch, mein schönes Kind, und hätte meine Freude an ihr.»

Ein langes Schweigen trat ein, niemand wagte es, vor einem so großen Schmerz zu sprechen.

Plötzlich lächelte er alle an, es war ein mildes und gutes Lächeln. «Immer gehen wir fehl, weil wir zu kleinlich sind», sagte er mit milder, klarer Stimme. «Ich grollte dem jungen Mario, es war nur ein kleinlicher Groll und Neid. In meiner Eitelkeit wollte ich einen Erben, wenn es denn sein sollte, lieber aus herzoglichem Hause haben. Zu kleinlich bin ich gewesen, viel zu kleinlich für die Wege Gottes!»

«Nino», fügte er nach einer Minute hinzu, «Nino, lieber Freund, vergib mir. Gib mir die Hand.» Erschüttert legte Giovanni seine Pistole beiseite und ergriff die Hand seines alten Freundes. Nachdem der alte Prinz die Hand des jungen Mannes gedrückt hatte, ergriff er jedoch wieder seine Pistole, wie zur Abwehr eines größeren Feindes.

Seine tiefdunklen Augen sahen geradeaus, sein Mund war leicht geöffnet, als ob er singen wollte. «Carlotta», sprach er. Dann, mit einer sonderbaren, beinahe müden Bewegung drehte er sich nach rechts hin und fiel mit dem Stuhl seitwärts nieder, wobei sein schwerer Körper mit einem dumpfen Schlag auf die Steinfliesen aufprallte. Der Stuhl lag mit zwei Beinen in der Luft da, als er vom Sitze fiel und still liegenblieb. Im selben Augenblick ging seine Pistole los, die er noch immer in der Hand hielt, die Kugel fuhr blindlings durch die Luft, so scharf am Kopfe Augustus' vorbei, daß er sie pfeifen hörte, wie wenn ein Vogel singt. Er war einen Augenblick im Taumel, und das Bild seiner Frau erschien vor ihm. Als er wieder fest auf den Füßen stand, erblickte er den Arzt, der mit erhobenen Armen neben dem alten Prinzen kniete. Das Gesicht des alten Mannes wurde mählich aschfahl. Die Farbe seiner Wangen und seines Mundes hob sich ab wie rosa- und karmesinrote Emaille auf Silber.

Der Arzt ließ die Arme sinken und legte eine Hand auf die Brust der stillen Gestalt. Nach einer Minute wandte er den Kopf und blickte auf die Gruppe hinter sich mit einem Gesicht, das ausdruckslos vor Entsetzen war. Den Blicken der anderen begegnend, faßte er sich. Er erhob sich und erklärte feierlich: «Es ist vorbei!»

Alle um ihn verhielten sich ganz still wie auf einem Bilde: Die Gestalt des alten Prinzen, so wie sie regungslos auf dem Boden lag, war nicht minder der Mittelpunkt, als wenn er nun langsam zum Himmel aufgefahren wäre und sie, seine Jünger, ihm nachstaunend zurückgelassen hätte. Nur Nino, gleich einer der Stifterfiguren auf heiligen Bildern, behielt ein wenig seine eigene Haltung bei.

Die Sonne, die am blauen Morgenhimmel aufstieg, verlieh dem feinen, grünen Tuch, das den schweren, massigen Körper des Toten bedeckte, einen tauigen Schimmer.

Die befreite Gefangene

Als die prinzlichen Diener den alten Herrn aufgehoben und in das Haus getragen hatten, standen sich Giovanni und Agnese auf der verlassenen Plattform allein gegenüber. Ihre dunklen Augen trafen sich, und als ob dies die unseligste ihrer Aufgaben an diesem Frühlingsmorgen wäre, schaute sie ihm in die Augen, genau so lange, wie ein Hahnenschrei dauerte, der sich nun hören ließ. Dann wandte sie sich um, den anderen in das Haus nachzufolgen; da sprach er, ohne sich zu rühren: «Geh nicht fort!» Sie hielt inne, sagte aber kein Wort. «Geh nicht», wiederholte er, «eh' ich mit dir gesprochen habe.»

«Ich kann mir nicht denken», entgegnete sie, «daß Sie mir etwas zu sagen hätten.» Er stand eine Zeitlang ganz still und bleich da, wie wenn er sich anstrengte, um seine Stimme zu festigen, die anders klang, als er halblaut die Verse sprach:

Lo spirito mio, che già cotanto
tempo era stato ch'alla sua presenza
non era di stupor tremando affranto
senza degli occhi aver più conoscenza,
per occulta virtù che da lei mosse
d'antico amor sentì la gran potenza.

Es folgte ein langes, tiefes Schweigen. Sie hätte ebensogut ein zierliches Standbild im Garten sein können, nur ihre Locken wurden von dem leichten Morgenwind hin und her bewegt.

«Ich hatte dich verlassen», sagte er, ganz wie ein Mensch im Traume spricht, «und war im Begriff zu gehen, doch an der Tür drehte ich mich um. Du saßest aufrecht im Bett. Dein Gesicht war im Schatten, aber die Lampe beschien deine Schultern und deinen Rücken. Du warst entblößt, die Kleider hatte ich dir abgerissen. Die Bettvorhänge schimmerten goldengrün wie meine Wälder in den Bergen, und du warst wie mein Bild von Daphne, die sich wegbiegt und in Lorbeer verwandelt wird. Ich stand im Dunkeln. Dann schlug die Uhr eins! Ein ganzes Jahr lang», rief er, «habe ich nur an diesen einen Augenblick gedacht.»

Wieder verhielten sich die beiden völlig still. Wie die Marionetten in der vorangegangenen Nacht wurden sie von stärkeren Händen gehalten, als es ihre eigenen waren; sie hatten keine Ahnung, was mit ihnen geschehen würde. Dann sprach er wieder:

Di penter sì mi punse ivi l'ortica
che di tutt'altre cose, qual mi torse
più nel suo amor, più mi si fe' nemica.
Tanta riconoscenza il cuor mi morse
ch'io caddi vinto . . .

Er brach ab, denn obgleich er sich diese Zeilen oftmals vorgesagt hatte, wußte er im Augenblick doch nicht weiter. Es war so, als könne er jeden Augenblick tot umsinken, wie zuvor sein Gegner.

Sie wandte sich wieder um und sah ihn an, todernst, und doch hatte ihr Gesicht dabei einen Ausdruck der Reinheit und Ruhe, den der Klang der Poesie bei jenen hervorruft, die sie lieben. Langsam sprach sie zu ihm mit ihrer klaren und wohllauten Singvogelstimme:

... da tema e da vergogna
voglio che tu omai ti disviluppi
e che non parli più com'uom che sogna.

Dann, den Blick abwendend, holte sie tief Atem und fuhr mit gehobenem Ton fort:

Sappi che il vaso il serpente ruppe
fu e non è, ma chi n'ha colpa creda
che vendetta di Dio non teme suppe.

Nach diesen Worten entfernte sie sich, und wiewohl sie so dicht an ihm vorbeiging, daß er sie mit ausgestreckter Hand hätte zurückhalten können, versuchte er nicht, sie zu berühren, noch bewegte er sich; er stand auf dem Fleck, als wollte er für alle Zeit so stehenbleiben, nur seine Augen folgten ihr, wie sie zum Haus schritt.

Zur gleichen Zeit trat Augustus heraus und ging ihr entgegen. Obgleich er tief erschüttert war durch die Ereignisse des Morgens und zuletzt noch durch den Anblick des alten Prinzen, der jetzt in Frieden und Würde auf seinem großen Bett in dem Gasthaus lag, so mahnte ihn doch sein Gewissen, daß er sich rühren müsse, die Botschaft der alten Dame nach Pisa zu bringen; es war sein Wunsch, das Mädchen möchte ihm helfen und ihn dorthin begleiten.

Dabei aber scheute er sich jetzt, da er von der ganzen Sache, die die Tragödie aufgerollt hatte, mehr verstand, sich ihr als einer der Hauptgestalten zu nähern, um mit ihr über solch nebensächliche Dinge, wie Wege und Kutschen sind, zu sprechen. Sie kam jedoch auf ihn zu, als wäre er ein alter Freund und als freute sie diese neuerliche Begegnung, ergriff seine Hand und blickte ihn an. Sie ist anders geworden, dachte er, das Steinbild hat Leben bekommen.

Voll Teilnahme hörte sie ihn an und war von vornherein bereit, ihrer Freundin so bald wie möglich Botschaft zu bringen. Sie schlug vor, daß sie in ihrem Zweispänner zusammen reisen sollten, der schneller als seine Kutsche sei. Sie sagte, sie werde selber kutschieren.

«Kommen Sie, mein Freund», sagte sie, «rasch mit uns nach Pisa! Mich hält nichts zurück. Ich kann gehen, wohin ich will, ich kann an ein Morgen denken, ich glaube, dieses Morgen wird schön sein! Ich darf es mir wieder sagen, daß ich siebzehn bin und, so Gott will, noch sechzig Jahre zu leben habe. Ich bin nicht mehr die Gefangene einer einzigen Stunde. Gott», rief sie mit einem plötzlichen tiefen Schauder, «ich kann mich nicht mehr darauf besinnen, auch mit dem besten Willen nicht!»

Sie glich einem jungen Wagenlenker, der seines Sieges im Rennen gewiß ist. Offensichtlich war ihr jetzt nichts wichtiger als der Gedanke an die eilige Fahrt. Bevor sie das Haus betraten, blickte sie noch einmal auf die Terrasse zurück.

«Wir waren alle im Unrecht», sagte sie. «Der alte Mann war wirklich groß und wohl der Liebe wert. Da er noch lebte, wünschten wir seinen Tod. Doch nun er tot ist, glaube ich, wünschten wir ihn alle ins Leben zurück.»

«Das», erwiderte Augustus, der über sein eigenes Leben nachgedacht hatte, «mag uns lehren, daß jede Begegnung mit Menschen, die zum Sich-Kennenlernen führt, ihre Bedeutung für unser Inwendiges hat, wie das Setzen eines Baums für unseren Garten oder ein Stück Hausrat für unsere vier Wände; dergleichen zu bewahren und, wenn es angeht, mit Nutzen zu gebrauchen dünkt mich besser, als es abzutun und am Ende mit leeren Händen dazustehen.» Eine Weile dachte sie darüber nach. «Dann wird der alte Prinz», meinte sie, «in meinem Garten der Erinnerung ein großer Springbrunnen aus schwarzem Marmor sein, um den es immer kühl und frisch ist und der seine Wasser spielen und rauschen läßt. Ich werde mich manchmal still dorthin setzen, wenn ich viel zu denken habe. An Rosinas Stelle wäre ich von ihm nicht weggegangen. Ich hätte ihn glücklich gemacht. Wie gut für ihn, wäre er glücklich gewesen! Es ist hart, jemanden unglücklich zu machen.»

Augustus, der in ihrer Stimme den Klang verborgenen Schmerzes zu vernehmen glaubte, kam ihr mit einem Trostwort zu Hilfe. «Denken Sie jetzt daran, daß Sie das andere Leben gerettet haben.» Sie wechselte die Farbe und blieb eine Weile still. Dann wandte sie sich um und sah ihn mit tiefem Ernst an. «Wer», sprach sie, «würde daneben gestanden und zugehört haben, wenn ein Mann so zu Unrecht beschuldigt wird?»

Sobald ihr Wagen bereit war, fuhren sie nach Pisa ab und kamen rasch vorwärts. Der Tag wurde warm, die Straße war staubig, und die Schatten der Bäume hielten sich dicht beisammen. Augustus hatte dem Doktor hinterlassen, wo er zu finden wäre, falls es zu einer Untersuchung käme, doch schließlich war der alte Prinz eines natürlichen Todes gestorben.

Das Abschiedsgeschenk

Graf Augustus von Schimmelmann hatte sich mehr als drei Wochen in Pisa verweilt und den Ort sehr lieb gewonnen. Er hatte eine Liebesgeschichte mit einer schwedischen Dame gehabt. Diese war älter als er und lebte in Pisa, um ihrem Gatten aus den Augen zu sein. Sie hatte eine kleine Opernbühne, auf der sie vor ihren Freunden spielte. Schülerin Swedenborgs, die sie war, erzählte sie Augustus von einer Erscheinung, die sie in der anderen Welt von sich und ihm gehabt. Was ihm aber mehr zu schaffen machte, waren die Bemühungen von zwei Priestern, einem alten und einem jungen, ihn zur römischen Kirche zu bekehren. Es lag ihm nicht, überzutreten, aber solche Sorge um sein Seelenheil von fremder Seite überraschte ihn und gefiel ihm wohl, und er scheute keine Mühe, den frommen Männern seine Vorstellungen und Meinungen auseinanderzusetzen. Er sah jedoch voraus, daß diese geistliche Verführungsgeschichte nicht lange währen konnte, sondern wohl oder übel wie alle Verführungsversuche so oder so zu einem Ende kommen mußte.

Er begann seine freie Zeit mehr und mehr einer geheimen politischen Gesellschaft zu widmen, in die man ihn als Angehörigen eines freien Staates eingeführt hatte. Bei ihren Sitzungen war er auch mit einem alten echten Jakobiner bekannt geworden, einem ehemaligen Mitglied des Bergs, der äußersten Linken im Nationalkonvent, und Freund von Robespierre. Augustus besuchte ihn oft in seinem kleinen, schmutzigen und dunklen Zimmer zuoberst in einem alten Haus, und sie unterhielten sich über Tyrannei und Freiheit. Auch nahm er Malunterricht und hatte angefangen, ein altes Bild in der Galerie zu kopieren.

Da erhielt er einen Brief von der Gräfin di Gampocorta, die zu der Zeit ihr Landhaus in der Nähe von Pisa bewohnte und ihn nun bat, sie doch zu besuchen. Sie schrieb sehr freundlich und dankbar und teilte ihm ihre Neuigkeiten mit. In demselben Augenblick, da man der jungen Rosina die Doppelnachricht von dem Unfall der Großmutter und dem Tode ihres früheren Gatten überbrachte, schenkte sie einem Knaben das Leben, der in Anlehnung an seine Urgroßmutter Carlo genannt wurde, ihrer

Beschreibung nach ein Bild von einem Kind. Die alte wie die junge Frau waren beide wieder wohlauf, obgleich die alte Gräfin die Hoffnung, ihre rechte Hand noch einmal gebrauchen zu können, aufgegeben hatte. Es verlangte sie, ihm ihren Dank zu bezeugen für die Hilfe, die er ihnen in der Stunde ihrer Not geleistet.

Am Nachmittag eines außerordentlich heißen Tages fuhr Augustus zum Landhaus der alten Dame hinaus. Als er sich seinem Ziele näherte, brach ein Gewitter los, das schon den dritten Tag über Pisa hing. Ein sonderbar schwefliger Geruch und ebensolche Färbung erfüllten die Luft, und die großen, dunklen Bäume, die die Straße auf ihrer Fahrt säumten, bogen sich unter den heftigen Windstößen tief herunter. Ein paarmal blitzte es gefährlich nahe und schien dicht neben dem Wagen einzuschlagen. Langes, schweres Donnerkrachen rollte hinterher. Dann löste sich der Regen, große warme Tropfen fielen hernieder, und im Augenblick war die ganze Landschaft mitsamt der Kutsche, deren Verdeck hochgeschlagen war, von grauen und glitzernden Wasserstreifen umschlossen. Als sie über eine Steinbrücke mit niedrigem Geländer fuhren, sah Augustus den dunklen Fluß unter dem Regenguß wie mit vielen hundert Pfeilen gespickt. Jetzt ging es einen steilen und felsigen Hügel empor auf einem Weg, der unter der Nässe schlüpfrig geworden war, und als sie oben an einer breiten Steintreppe vor dem Hause hielten, kam ein Diener mit einem großen

Regendach die Stufen herabgeeilt, um den Besuch bei seinem Aufstieg zum Haus zu beschirmen.

In dem riesigen Zimmer, das auf eine breite Steinterrasse ging und Aussicht über den Fluß bot, hörte man den hurtigen Trommelwirbel schwerer Regentropfen auf den Platten so deutlich, wie wenn es im Zimmer selbst gewesen wäre. Zusammen mit diesem Geräusch drang der Geruch plötzlicher Frische und Feuchtigkeit der Luft und der heißen Steine, die sich unter dem Wasser abkühlten, durch die weitgeöffneten hohen Fenster herein. In dem Raum selbst duftete es nach Rosen. Am entgegengesetzten Ende hatte ein ältlicher Abbate einem kleinen Mädchen Klavierstunde gegeben, doch sie hatten aufgehört, bei dem Donnerrollen und heftigen Regen waren sie aus dem Takt geraten, und so blickten sie jetzt ins Tal hinaus und zum Fluß hinüber.

Die alte Gräfin und die junge Mutter saßen auf einem Sofa; sie hatten das Kind hereinbringen lassen, um es bei sich zu haben. Eben hielt es die Amme im Arm, ein großes, prächtiges junges Weib so weiß und rosenrot wie Oleanderblüte; das Kind selber sah putzig aus in seinem mit Spitzen und Bändern verzierten Tragkissen, das Gesichtchen wie ein Bratäpfelchen. Ihre Aufmerksamkeit war geteilt zwischen dem Kind und dem Gewitter; beides im Verein hatte sie in einen Zustand der Erregung versetzt, als wäre ihrem Leben jetzt zu dieser Stunde die Erfüllung beschieden.

Die alte Dame wollte sich eigentlich erheben, um

Augustus willkommen zu heißen, aber vor freudiger Überraschung bei seinem Anblick konnte sie sich nicht rühren. Ihre Augen unter den florschweren Lidern füllten sich mit Tränen, die von Zeit zu Zeit, während sie sprachen, über ihre Wangen herabliefen. Sie küßte ihn auf beide Backen und machte ihn voll Rührung mit ihrer Enkelin bekannt, die nun wirklich so schön war wie nur irgendeine Madonna, die er in Italien gesehen, und dann zeigte sie das Kind. Augustus hatte vor Wickelkindern immer nur mit einem Gefühl der Scheu zu kämpfen gehabt – obgleich sie, wie er meinte, als eine Art Versprechen immerhin der Aufmerksamkeit wert sein sollten –, und er stellte zu seiner Überraschung fest, daß die Frauen einmütig der Ansicht waren, das Kleine habe auf seiner jetzigen Lebensstufe die höchste Vollendung erreicht und es sei doch eine betrübliche Sache, wie es damit so ganz anders werde. Diese Ansicht nun, daß die Geburt den Gipfel menschlichen Daseins bilde, von welchem es langsam abwärts gehe, machte ihm Eindruck, denn ihm schien, dem sei entschieden leichter nachzuleben als seinem eigenen Lebensideal.

Die alte Dame war anders geworden seit dem Tag, da sie auf der Straße ihre Bekanntschaft geschlossen. Die Liebe zu einem männlichen Wesen, die, wie sie ihm erzählte, sie doch nie hätte aufbringen können, dieselbe Liebe hatte jetzt ihrem Dasein einen vollen und reinen Einklang gegeben. Das erklärte sie ihm im Gang des Gespräches. «Als ich ein kleines Mädchen war», begann sie, «sagte man mir, niemals einem Narren eine halbfertige Sache zu zeigen. Aber macht es Gott denn anders mit uns, all unser Leben lang? Wenn man mir von allem Anfang an dieses Kind gezeigt hätte, wäre ich gelehrig gewesen und hätte mich von Gott führen lassen, wohin er wollte. Das Leben ist ein Mosaikwerk des Herrn, in das er Steinchen für Steinchen setzt, bis es fertig ist. Wenn ich dieses strahlende Fleckchen Farbe als Mittelstück gesehen hätte, gleich hätte ich das Muster verstanden und es nicht so oft durcheinandergeworfen und dem lieben Gott so viel Mühe gemacht, es wieder zusammenzusetzen.» Dann sprach sie noch mancherlei über ihren Unfall und die Stunden, die sie zusammen im Gasthaus zugebracht. Sie sprach davon mit jener Freude an der Erinnerung, die jedem Ereignis Wert verleiht, so unbedeutend es im Augenblick des Geschehens auch gewesen sein mag.

Ein Diener brachte Wein und schöne Pfirsiche. Dann erschien der junge Vater und wurde mit dem Gast bekannt gemacht. Doch spielte er in der Gruppe keine größere Rolle als etwa der jüngste von den drei Weisen auf einem Bild der Anbetung, wobei die alte Gräfin die Rolle des Joseph für sich in Anspruch nahm.

Als der Regen nachgelassen hatte, führte die alte Dame Augustus an das Fenster, ihm die Aussicht zu zeigen. «Guter Freund», sagte sie, während sie dort beiseite standen, «ich werde immer in Ihrer Schuld bleiben, aber ein kleines Zeichen meines Dankes möchte ich Ihnen mitgeben zur Erinnerung, wenn Sie wieder weit fort sind, und ich hoffe, Sie machen mir die Freude, es anzunehmen.»

Augustus hatte die Landschaft da unten vor seinen Blicken. Ein unbestimmter anheimelnder Zug in ihr fiel ihm auf und ließ ein leichtes Schwindelgefühl in ihm aufkommen.

«Als wir uns zum erstenmal trafen», sprach die alte Dame weiter, «erzählte ich Ihnen, ich hätte in meinem Leben drei Menschen wirklich lieb gehabt. Zwei von ihnen kennen Sie, die dritte und erste war ein Mädchen aus fernem Lande, eine Freundin in meinem Alter, mit der ich nur kurz zusammen war und die ich dann verlor. Aber wir hatten uns das Versprechen abgenommen, uns niemals zu vergessen, und die Erinnerung an sie hat mir oft wieder Kraft gegeben, die Wechselfälle des Lebens zu ertragen. Als wir unter Tränen voneinander Abschied nahmen, gaben wir uns ein Geschenk zum Andenken. Weil nun dieses Andenken so kostbar für mich ist und ein Zeichen echter Freundschaft bedeutet, möchte ich, daß Sie es mitnehmen.»

Bei diesen Worten entnahm sie ihrer Tasche einen kleinen Gegenstand und überreichte ihn ihm.

Augustus betrachtete das Geschenk, und unwillkürlich fuhr seine Hand an seine Brust. Es war ein kleines herzförmiges Riechfläschchen. Darauf war eine Landschaft mit Bäumen gemalt, ein weißes Haus im Hintergrund. Bei näherem Zusehen wurde ihm klar, das weiße Haus war seine Heimat in Dänemark. Er erkannte das hohe Dach von Lindenburg wieder, auch die zwei Eichen vor dem Tor und die Lindenallee hinter dem Haus. Die Steinbank unter den Eichen war mit großer Genauigkeit abgebildet. Unten, auf einem gemalten Band, standen die Worte: Amitié sincère.

Er spürte sein eigenes kleines Fläschchen in der Westentasche und wollte es schon herausnehmen, um es der alten Dame zu zeigen. Er fühlte, dies hätte eine Geschichte gegeben, die sich immerfort in ihrer Seele wiederholt und vielleicht ihren letzten Gedanken auf dem Totenbett gelabt hätte. Doch ihn hielt das Gefühl zurück, daß es einzig ein für ihn bestimmtes Wort, ein Wink des Schicksals war – ein Hort, eine Tiefe, ja eine Zuflucht im Leben, darein er sich mit niemand anderem teilen konnte, genausowenig, wie er sich in seine Träume mit jemand teilen konnte.

Er dankte der alten Dame tiefbewegt, und als sie gewahrte, wie sehr er ihr Geschenk schätzte, war sie stolz darauf.

Dann verließ er seine alte Freundin und das junge Paar mit allen Zeichen der Freundschaft und fuhr nach Pisa.

Goldene Sonnenlichter und satte blaue, stille Schatten ruhten auf der Landschaft vor ihm. Ein Regenbogen stand tief am Himmel. Augustus nahm einen kleinen Spiegel aus der Tasche. Während er ihn in der flachen Hand hielt, betrachtete er sich gedankenvoll darin.

Nachwort

Als Karen Blixens «Seven Gothic Tales» 1934 in den Vereinigten Staaten erschienen – und zwar unter dem Pseudonym Isak Dinesen, das sie für die englischen Fassungen ihrer Bücher verwendete –, hatte ihr New Yorker Verleger Robert Haas die vorgesehene Reihenfolge der Erzählungen im Band umgestellt. «Die Straßen um Pisa» waren in der amerikanischen Ausgabe in der Mitte der sieben Texte plaziert und bildeten so eine Art Mittelpunkt, um die sich, ähnlich wie die Straßen in der Umgebung der italienischen Stadt, die anderen Erzählungen winden. Daß dabei dieses Zentrum leer ist – Pisa selbst spielt ja keineswegs die zentrale Rolle, die der Titel und die Reisepläne der Protagonisten anfänglich erwarten lassen –, darin dürfte eine ironische Pointe liegen, die weit über diese Erzählung und die Sammlung «Sieben phantastische Geschichten» hinausreicht und von durchaus grundlegender Bedeutung für Blixens Methode ist, Literatur zu schreiben.

In der von ihr selbst bestimmten Anordnung der englischen und dänischen Ausgabe («Syv fantastike Fortællinger», beide kamen im Jahre 1935 heraus) eröffnet die vorliegende Erzählung den Debutband der dänischen Baronin, die in der Folge ihre wichtigsten Bücher stets in einer englischen Fassung und zugleich in einer eigenhändig besorgten dänischen Bearbeitung schrieb. Wie Bernhard Glienke in seiner Untersuchung «Fatale Präzedenz» (1986) gezeigt hat, stellen diese dänischen Versionen keineswegs simple Übersetzungen der englischen Erstfassungen dar; ihnen kommt vielmehr als Zeugnissen produktiver Weiterbeschäftigung mit den Texten oft der Status einer «Ausgabe letzter Hand» mit großer textgeschichtlicher Autorität zu.

Sowohl die Erst- wie die Mittelplazierung in «Die Straßen um Pisa» im Rahmen der «Sieben phantastischen Geschichten» lassen sich vertreten. Beide Male handelt es sich um eine programmatische Erzählung, die in einer mikrokosmischen Weise die wichtigsten Themen und erzählerischen Verfahren des Gesamtwerks vorwegnimmt. Etwa damit, daß gleich in diesem frühen Text ein älteres, eigenes Werk zitiert, «wiederverwendet» wird. Das Stück, das sich Augustus von Schimmelmann und Agnese am Abend vor dem Duell anschauen (Kapitel «Die Marionetten»), «die unsterbliche ‹Rache der Wahrheit› ... die reizendste Marionettenkomödie, die es gibt», hat keine andere Verfasserin als Karen Blixen. Sie hatte die Komödie 1926 in der dänischen Zeitschrift «Tilskueren» veröffentlicht, nachdem sie bereits 1904 im Familienkreis aufgeführt worden war. In der vorliegenden Erzählung wird das Selbstzitat augenzwinkernd mit dem Hinweis eingeleitet: «Jedermann wird sich erinnern ...» Das «Spiel im Buch» – dessen Parallele mit der berühmten Theaterszene in Shakespeares «Hamlet» natürlich ebensowenig zufällig ist wie all die anderen weltliterarischen Verweise – handelt von einem verhexten Haus, in dem jede Lüge zur Wahrheit wird.

Karen Blixen, 1885 in die großbürgerliche Familie Dinesen-Westenholz auf Rungstedlund nördlich von Kopenhagen geboren, war also schon in ihrer Jugend mit literarischen Texten an die Öffentlichkeit getreten. Ein Großteil dieser frühen, nur dänisch verfaßten Schriften brachte sie in Zeitschriften heraus und nannte sich dabei oft Osceola. Daß sie den Namen eines Indianerhäuptlings verwendete, war eine Art Hommage an ihren früh verstorbenen Vater Wilhelm Dinesen, der, selbst ein nicht unbekannter Schriftsteller in Dänemark, Jagdbriefe aus Nordamerika veröffentlicht hatte. Doch erst, nachdem sie 1931 von einem rund siebzehnjährigen Aufenthalt in Ostafrika als gescheiterte Frau nach Dänemark zurückgekehrt war, begann die steile und eigentlich unzeitgemäße Karriere von Isak Dinesen/Karen Blixen (oder Tania Blixen, wie sie in den deutschen Ausgaben in Anlehnung an die Koseform «Tanne» heißt). Eine ganze Reihe ihrer Erzählungen, darunter auch «Die Straßen um Pisa», entstanden oder wurden in diesen schwierigen Jahren in Kenia konzipiert. Unverfälschter, da weniger literarisiert und stilisiert als das großartige Buch

«Out of Africa» (1937), geben ihre erst 1978 aus dem Nachlaß publizierten «Briefe aus Afrika» (deutsch 1988), die sie hauptsächlich an ihre Verwandten schrieb, Auskunft über ihre finanziellen, menschlichen, existentiellen Probleme auf der afrikanischen Farm in den zwanziger Jahren. Aber es lassen sich in diesen Briefen, die für sich genommen schon eine faszinierende Lektüre darstellen, auch die «Ursprünge» ihrer eigentlichen schriftstellerischen Tätigkeit ausmachen.

Was sie später grandios und medienwirksam zu inszenieren wußte und was in Verbindung mit einem gezielt anachronistisch-aristokratischen Gehabe bis heute zum noch nicht erloschenen Mythos Karen Blixen beitrug, ging in vieler Hinsicht auf die Zeit im afrikanischen Paradies zurück. Gemeint ist die spezielle Art, wie sich Blixen zur Erzählerin stilisierte. Immer wieder sagte sie, sie sei *a story-teller,* eine uralte, gewissermaßen über Zeit und Raum erhabene Geschichtenerzählerin, und als solche sei sie dreitausend Jahre alt. In der Krisenerfahrung, die dann in «Out of Africa» mythisch verklärt wurde, wie auch in der Begegnung mit der mündlichen Erzähltradition der Afrikanerinnen, sind diese Züge angelegt. Zu den Grundbedingungen des Blixenschen Erzählens gehören die extremen Situationen von Verlust und bevorstehendem Ende, Tod. Sie sind es, die das Bedürfnis, ja den Trieb zu erzählen, auslösen. Und so wimmelt es denn im Universum ihrer phantastischen Erzählungen von Menschen, die auf dem (vermeintlichen) Totenbett wie die alte Dame in «Die Straßen um Pisa» Geschichten erzählen, in der Absicht, das eigene Ende – und das des Textes – hinauszuschieben.

Nun hieße es allerdings, die Baronin gehörig zu unterschätzen, wollte man ihr lediglich zugestehen, einfach alte Geschichten neu zu berichten. Genau das Gegenteil ist der Fall. Ihre Erzählungen sind so komplex und raffiniert gebaut, daß nicht nur die betroffenen Helden wie Augustus von Schimmelmann, sondern häufig auch durchaus geübte Leser verwirrt werden. Blixen bedient sich zwar der alten Technik, die Handlung durch eine Schachtelung von Rahmen- und Binnenerzählungen aufzubrechen, und führt so im zwanzigsten Jahrhundert eine literarische Tradition fort, die sich im europäischen Raum spätestens seit Boccaccios «Decamerone» eingebürgert hat und vor allem in der Romantik zur Perfektion gebracht wurde. Doch es geht ihr keineswegs nur darum, dieses Muster möglichst unverfälscht anzuwenden. Die Übernahme der stilistischen wie auch inhaltlichen Vorlagen, das direkte und noch häufiger verfremdete Zitieren, all die Mittel, die sie in den «Sieben phantastischen Geschichten» so brillant einsetzt, dienen auch und vornehmlich dazu, eben den benutzten Kanon der Weltliteratur in Frage zu stellen. In dieser Hinsicht sind die Erzählungen der Blixen fast durchwegs auch immer Meta-Texte, Erzählungen über Erzählungen, die die Möglichkeiten des Geschichtenerzählens problematisieren und zum Nachdenken anregen wollen, was herkömmliche Dichtung heute noch zu leisten vermag.

Die Erzählung «Die Straßen um Pisa» führt unter anderem auch diese Diskussion. Wie viele von Blixens Texten kann sie als Manipulationsgeschichte gelesen werden, in der einzelne Figuren mittels Erzählungen zu verführen suchen. «Die Straßen um Pisa» – ähnlich wie «Leidacker» in den «Wintergeschichten», ein Anthologiestück *par excellence* – bringt mehrere solcher Manipulationsversuche. Sie verlaufen in der Regel nach dem Muster, daß ein alter, oft (sexuell oder künstlerisch) impotenter Mann einen jüngeren Mann dazu bringt, an seiner Stelle das Gewünschte zu erledigen. In der Erzählung «Der Dichter» («Sieben phantastische Geschichten») – in der der Graf mit dem sprechenden Namen Schimmelmann wieder auftaucht – soll ein junges Genie die Schriftstellerträume eines unfähigen, bejahrten Kammerrats realisieren; in «Leidacker» gelingt es dem Onkel, seinen jungen Neffen Adam (!) seiner soeben geheirateten Frau zuzuführen, was dem Patriarchen einen männlichen Nachkommen und damit seine Macht garantiert; und in «Die Straßen um Pisa» stellt der impotente Potenziani einen «Bravo» an, um die eigene Frau zu vergewaltigen. Daß dies ebenso mißlingt wie die Bemühungen der alten Dame, ihre geliebte Enkelin Rosina vor einer Schwangerschaft zu bewahren, macht hier (wie in «Der Dichter» oder «Die unsterbliche Geschichte» in «Schicksalsanekdoten») auf eine gegenläufige Tendenz aufmerksam: die Welt der alten, gottähnlich dargestellten Herrscher – damit auch die Literatur, die für diese Werte steht – wird an den entscheidenden Punkten untergraben. Weder Graf Potenziani in «Die Straßen um Pisa» noch Mr. Clay in «Die unsterbliche Geschichte» oder Kammerrat Mathiesen in «Der Dichter» – alles bösartig-bissig, grotesk-ironisiert gezeichnete Männerfiguren – haben mit ihrem Vorhaben, ihre Umgebung zu manipulieren, Erfolg. Einzig in «Leidacker» scheint sich der Onkel durchsetzen zu können.

Vor allem die amerikanische Literaturwissenschaftlerin Susan Hardy Aiken hat gezeigt («Isak Dinesen and the Engendering of Narrative», 1990), wie bewußt und gezielt sich Blixens Texte mit der traditionellen, männlich hierarchisierten Dichtung auseinandersetzen. «Die Straßen um Pisa», als Erzählung mit Programmcharakter bezeichnet, bietet dafür ein hervorragendes Beispiel. Wieder und wieder ersetzen fließende Grenzen, instabile Identitäten, nicht zuletzt, was die Geschlechtszugehörigkeit betrifft, jegliche lineare Eindeutigkeit: Aus dem alten Mann zu Beginn der Erzählung wird eine Frau, der hübsche junge Mann, mit dem sich Augustus so angeregt unterhält, ist in Wahrheit Rosinas Freundin Agnese. Die Erzählung spielt sich ab auf den Straßen und Wegen in einem Raum außerhalb der Mauern einer Stadt, von der zwar immer die Rede ist, die aber nie in den Mittelpunkt rückt, so daß der

Text sich mäandernd um etwas Hohles zu bewegen scheint. In diesem Raum werden die Geschichten der Männer durch das Dazwischentreten von Frauen unterbrochen; so ist etwa am Anfang der junge, orientierungslose Graf in Gedanken versunken, als die Kutsche der alten Dame ihn aus seinen Kontemplationen reißt. Männliche Ordnungen und damit erzählerische Autoritäten werden in diesem Außenraum aufgelöst, relativiert. Mithin geht es in «Die Straßen um Pisa» um einen fundamentalen Angriff auf die «männliche» Art zu schreiben, das heißt die Welt zu verstehen und ihr Sinn zu geben.

Und so ist Karen Blixen, die ihre Texte englisch schrieb und als Isak Dinesen herausgab, sie dann oft radikal bearbeitete und in ihrer dänischen Muttersprache neu publizierte, gleich in dieser ersten Erzählung, welche in Buchform erschien, in vielem eine Vorläuferin von philosophischen und literaturtheoretischen Strömungen, die erst in jüngster Zeit aufgegriffen werden. Sie ist auf jeden Fall eine so eigenwillige wie moderne und faszinierende Erzählerin.

Jürg Glauser

Die Deutsche Bibliothek – CIP-Einheitsaufnahme

Blixen, Tania:
Die Strassen um Pisa / Tania Blixen.
Aus dem Engl. übertr.
von Martin Lang. Nachw. von Jürg Glauser.
Zürich: Manesse Verlag, 1995
(Manesse Bücherei; Bd. 55)
ISBN 3-7175-8212-7
NE: GT
Vw: Blixen-Finecke, Karen [Wirkl. Name]
→ Blixen, Tania

Buchgestaltung
Brigitte und Hans Peter Willberg, Eppstein

Die Erzählung «Die Straßen um Pisa» ist in dem Band «Sieben phantastische Geschichten» (Deutsche Verlags-Anstalt, Stuttgart 1980) enthalten.